GRöLS Verlage

„Bücher sind wie Fallschirme. Sie nützen uns nichts, wenn wir sie nicht öffnen."

Gröls Verlag

Redaktionelle Hinweise und Impressum

Das vorliegende Werk wurde zugunsten der Authentizität sehr zurückhaltend bearbeitet. So wurden etwa ursprüngliche Rechtschreibfehler *nicht* systematisch behoben, denn kleine Unvollkommenheiten machen das Buch – wie im Übrigen den Menschen – erst authentisch. Mitunter wurden jedoch zum Beispiel Absätze behutsam neu getrennt, um den Lesefluss zu erleichtern.

Um die Texte zu rekonstruieren, werden antiquarische Bücher von Lesegeräten gescannt und dann durch eine Software lesbar gemacht. Der so entstandene Text wird von Menschen gegengelesen und korrigiert – hierbei treten auch Fehler auf. Wenn Sie ebenfalls antiquarische Texte einreichen möchten, finden Sie weitere Informationen auf www.groels.de

Viel Freude bei der Lektüre wünscht Ihnen das Team des Gröls-Verlags.

Adressen

Verleger: Sophia Gröls, Im Borngrund 26, 61440 Oberursel

Externer Dienstleister für Distribution & Herstellung: BoD, In de Tarpen 42, 22848 Norderstedt

Unsere „Edition | Werke der Weltliteratur“ hat den Anspruch, eine der größten und vollständigsten Sammlungen klassischer Literatur in deutscher Sprache zu sein. Nach und nach versammeln wir hier nicht nur die „üblichen Verdächtigen“ von Goethe bis Schiller, sondern auch Kleinode der vergangenen Jahrhunderte, die – zu Unrecht – drohen, in Vergessenheit zu geraten. Wir kultivieren und kuratieren damit einen der wertvollsten Bereiche der abendländischen Kultur. Kleine Auswahl:

Francis Bacon • Neues Organon • **Balzac** • Glanz und Elend der Kurtisanen • **Joachim H. Campe** • Robinson der Jüngere • **Dante Alighieri** • Die Göttliche Komödie • **Daniel Defoe** • Robinson Crusoe • **Charles Dickens** • Oliver Twist • **Denis Diderot** • Jacques der Fatalist • **Fjodor Dostojewski** • Schuld und Sühne • **Arthur Conan Doyle** • Der Hund von Baskerville • **Marie von Ebner-Eschenbach** • Das Gemeindekind • **Elisabeth von Österreich** • Das Poetische Tagebuch • **Friedrich Engels** • Die Lage der arbeitenden Klasse • **Ludwig Feuerbach** • Das Wesen des Christentums • **Johann G. Fichte** • Reden an die deutsche Nation • **Fitzgerald** • Zärtlich ist die Nacht • **Flaubert** • Madame Bovary • **Gorch Fock** • Seefahrt ist not! • **Theodor Fontane** • Effi Briest • **Robert Musil** • Über die Dummheit • **Edgar Wallace** • Der Frosch mit der Maske • **Jakob Wassermann** • Der Fall Maurizius • **Oscar Wilde** • Das Bildnis des Dorian Grey • **Émile Zola** • Germinal • **Stefan Zweig** • Schachnovelle • **Hugo von Hofmannsthal** • Der Tor und der Tod • **Anton Tschechow** • Ein Heiratsantrag • **Arthur Schnitzler** • Reigen • **Friedrich Schiller** • Kabale und Liebe • **Nicolo Machiavelli** • Der Fürst • **Gotthold E. Lessing** • Nathan der Weise • **Augustinus** • Die Bekenntnisse des heiligen Augustinus • **Marcus Aurelius** • Selbstbetrachtungen • **Charles Baudelaire** • Die Blumen des Bösen • **Harriett Stowe** • Onkel Toms Hütte • **Walter Benjamin** • Deutsche Menschen • **Hugo Bettauer** • Die Stadt ohne Juden • **Lewis Caroll** • *und viele mehr….*

Friedrich Schlegel

Lucinde

Ein Roman

1799

Inhalt

Prolog 6

Bekenntnisse eines Ungeschickten 7

Charakteristik der kleinen Wilhelmine 18

Allegorie von der Frechheit 22

Idylle über den Müßiggang 37

Treue und Scherz 44

Lehrjahre der Männlichkeit 54

Metamorphosen 95

Zwei Briefe 98

Zweiter Brief 110

Eine Reflexion 116

Julius an Antonio 120

Sehnsucht und Ruhe 126

Tändeleien der Fantasie 130

Prolog

Mit lächelnder Rührung überschaut und eröffnet Petrarca die Sammlung seiner ewigen Romanzen. Höflich und schmeichelnd redet der kluge Boccaz am Eingang und am Schluß seines reichen Buchs zu allen Damen. Und selbst der hohe Cervantes, auch als Greis und in der Agonie noch freundlich und voll von zartem Witz, bekleidet das bunte Schauspiel der lebensvollen Werke mit dem kostbaren Teppich einer Vorrede, die selbst schon ein schönes romantisches Gemälde ist.

Hebt eine herrliche Pflanze aus dem fruchtbaren mütterlichen Boden, und es wird sich manches liebevoll daran hängen, was nur einem Kargen überflüssig scheinen kann.

Aber was soll mein Geist seinem Sohne geben, der gleich ihm so arm an Poesie ist als reich an Liebe?

Nur ein Wort, ein Bild zum Abschiede: Nicht der königliche Adler allein darf das Gekrächz der Raben verachten; auch der Schwan ist stolz, und nimmt es nicht wahr. Ihn kümmert nichts, als daß der Glanz seiner weißen Fittiche rein bleibe. Er sinnt nur darauf, sich an den Schoß der Leda zu schmiegen, ohne ihn zu verletzen; und alles was sterblich ist an ihm, in Gesänge auszuhauchen.

Bekenntnisse eines Ungeschickten

Julius an Lucinde

Die Menschen und was sie wollen und tun, erschienen mir, wenn ich mich daran erinnerte, wie aschgraue Figuren ohne Bewegung: aber in der heiligen Einsamkeit um mich her war alles Licht und Farbe und ein frischer warmer Hauch von Leben und Liebe wehte mich an und rauschte und regte sich in allen Zweigen des üppigen Hains. Ich schaute und ich genoß alles zugleich, das kräftige Grün, die weiße Blüte und die goldne Frucht. Und so sah ich auch mit dem Auge meines Geistes die Eine ewig und einzig Geliebte in vielen Gestalten, bald als kindliches Mädchen, bald als Frau in der vollen Blüte und Energie der Liebe und der Weiblichkeit, und dann als würdige Mutter mit dem ernsten Knaben im Arm. Ich atmete Frühling, klar sah ich die ewige Jugend um mich und lächelnd sagte ich: Wenn die Welt auch eben nicht die beste oder die nützlichste sein mag, so weiß ich doch, sie ist die schönste. In diesem Gefühle oder Gedanken hätte mich auch nichts stören können, weder allgemeine Zweifel noch eigne Furcht. Denn ich glaubte einen tiefen Blick in das Verborgene der Natur zu tun; ich fühlte, daß alles ewig lebe und daß der Tod auch freundlich sei und nur eine Täuschung. Doch dachte ich daran eigentlich nicht sehr, wenigstens zum Gliedern und Zergliedern der Begriffe war ich nicht sonderlich gestimmt. Aber gern und tief verlor ich mich in alle die Vermischungen und Verschlingungen von Freude und Schmerz, aus denen die Würze des Lebens und die Blüte der Empfindung hervorgeht, die geistige Wollust wie die sinnliche Seligkeit. Ein feines Feuer strömte durch meine Adern; was ich träumte, war nicht etwa bloß ein Kuß, die Umschließung deiner Arme, es war nicht bloß der Wunsch, den quälenden Stachel der Sehnsucht zu brechen und die süße Glut in Hingebung zu kühlen; nicht nach deinen Lippen allein sehnte ich mich, oder nach deinen Augen, oder nach deinem Leibe: sondern es war eine romantische Verwirrung von allen diesen Dingen, ein wundersames Gemisch von den verschiedensten Erinnerungen und Sehnsuchten. Alle Mysterien des weiblichen und des männlichen Mutwillens schienen mich zu umschweben, als mich Einsamen plötzlich deine wahre Gegenwart und der Schimmer der blühenden Freude auf deinem Gesichte vollends entzündete. Witz und Entzücken begannen nun ihren Wechsel und waren der gemeinsame Puls unsers vereinten Lebens; wir umarmten uns mit eben so viel Ausgelassenheit als Religion. Ich bat sehr, du möchtest dich doch einmal der Wut ganz hingeben, und ich flehte dich an, du möchtest unersättlich sein. Dennoch lauschte ich mit kühler Besonnenheit auf jeden leisen Zug der Freude, damit mir auch nicht einer entschlüpfe und eine Lücke in der Harmonie bleibe. Ich genoß nicht bloß, sondern ich fühlte und genoß auch den Genuß.

Du bist so außerordentlich klug, liebste Lucinde, daß du wahrscheinlich schon längst auf die Vermutung geraten bist, dies alles sei nur ein schöner

Traum. So ist es leider auch, und ich würde untröstlich darüber sein, wenn ich nicht hoffen dürfte, daß wir wenigstens einen Teil davon nächstens realisieren könnten. Das Wahre an der Sache ist, daß ich vorhin am Fenster stand; wie lange, das weiß ich nicht recht: denn mit den andern Regeln der Vernunft und der Sittlichkeit ist auch die Zeitrechnung dabei ganz von mir vergessen worden. Also ich stand am Fenster und sah ins Freie; der Morgen verdient allerdings schön genannt zu werden, die Luft ist still und warm genug, auch ist das Grün hier vor mir ganz frisch, und wie sich die weite Ebne bald hebt bald senket, so windet sich der ruhige, breite silberhelle Strom in großen Schwüngen und Bogen, bis er und die Fantasie des Liebenden, die sich gleich dem Schwane auf ihm wiegte, in die Ferne hinziehen und sich in das Unermeßliche langsam verlieren. Den Hain und sein südliches Kolorit verdankt meine Vision wahrscheinlich dem großen Blumenhaufen hier neben mir, unter denen sich eine beträchtliche Anzahl von Orangen befindet. Alles übrige läßt sich leicht aus der Psychologie erklären. Es war Illusion, liebe Freundin, alles Illusion, außer daß ich vorhin am Fenster stand und nichts tat, und daß ich jetzt hier sitze und etwas tue, was auch nur wenig mehr oder wohl gar noch etwas weniger als nichts tun ist.

*

So weit war an dich geschrieben, was ich mit mir gesprochen hatte, als mich mitten in meinen zarten Gedanken und sinnreichen Gefühlen über den eben so wunderbaren als verwickelten dramatischen Zusammenhang unsrer Umarmungen ein ungebildeter und ungefälliger Zufall unterbrach, da ich eben im Begriff war, die genaue und gediegne Historie unsers Leichtsinns und meiner Schwerfälligkeit in klaren und wahren Perioden vor dir aufzurollen, die von Stufe zu Stufe allmählig nach natürlichen Gesetzen fortschreitende Aufklärung unsrer den verborgenen Mittelpunkt des feinsten Daseins angreifenden Mißverständnisse zu entwickeln, und die mannichfachen Produkte meiner Ungeschicklichkeit darzustellen, nebst den Lehrjahren meiner Männlichkeit; welche ich im Ganzen und in ihren Teilen nie überschauen kann, ohne vieles Lächeln, einige Wehmut und hinlängliche Selbstzufriedenheit. Doch will ich als ein gebildeter Liebhaber und Schriftsteller versuchen, den rohen Zufall zu bilden und ihn zum Zwecke gestalten. Für mich und für diese Schrift, für meine Liebe zu ihr und für ihre Bildung in sich, ist aber kein Zweck zweckmäßiger, als der, daß ich gleich anfangs das was wir Ordnung nennen vernichte, weit von ihr entferne und mir das Recht einer reizenden Verwirrung deutlich zueigne und durch die Tat behaupte. Dies ist um so nötiger, da der Stoff, den unser Leben und Lieben meinem Geiste und meiner Feder gibt, so unaufhaltsam progressiv und so unbiegsam systematisch ist. Wäre es nun auch die Form, so würde dieser in seiner Art einzige Brief dadurch eine unerträgliche Einheit und Einerleiheit erhalten und nicht mehr können, was er doch will und soll: das schönste Chaos von erhabnen Harmonien und interessanten Genüssen nachbilden und ergänzen. Ich gebrauche also mein unbezweifeltes Verwirrungsrecht und setze oder stelle hier ganz an die unrechte Stelle eines von den vielen zerstreuten Blättern die ich aus Sehnsucht und Ungeduld, wenn ich dich nicht fand wo ich dich am gewissesten zu finden hoffte, in deinem Zimmer, auf unserm Sofa, mit der zuletzt von dir gebrauchten Feder, mit den ersten den besten Worten, so jene mir eingegeben, anfüllte oder verdarb, und die du Gute, ohne daß ich es wußte, sorgsam bewahrtest.

Die Auswahl wird mir nicht schwer. Denn da unter den Träumereien, die hier schon den ewigen Lettern und dir anvertrauet sind, die Erinnerung an die schönste Welt noch das gehaltvollste ist, und noch am ersten eine gewisse Art von Ähnlichkeit mit den sogenannten Gedanken hat: so nehme ich vor allen andern die dithyrambische Fantasie über die schönste Situation. Denn wissen wir erst sicher, daß wir in der schönsten Welt leben: so ist es unstreitig das nächste Bedürfnis uns über die schönste Situation in dieser schönsten Welt durch andre oder durch uns selbst gründlich zu belehren.

Dithyrambische Fantasie über die schönste Situation

Eine große Träne fällt auf das heilige Blatt, welches ich hier statt deiner fand. Wie treu und wie einfach hast du ihn aufgezeichnet, den kühnen alten Gedanken zu meinem liebsten und geheimsten Vorhaben. In dir ist er groß geworden und in diesem Spiegel scheue ich mich nicht, mich selbst zu bewundern und zu lieben. Nur hier sehe ich mich ganz und harmonisch, oder vielmehr die volle ganze Menschheit in mir und in dir. Denn auch dein Geist steht bestimmt und vollendet vor mir; es sind nicht mehr Züge die erscheinen und zerfließen: sondern wie eine von den Gestalten, die ewig dauern, blickt er mich aus hohen Augen freudig an und öffnet die Arme, den meinigen zu umschließen. Die flüchtigsten und heiligsten von jenen zarten Zügen und Äußerungen der Seele, die dem, welcher das Höchste nicht kennt, allein schon Seligkeit scheinen, sind nur die gemeinschaftliche Atmosphäre unsers geistigen Atmens und Lebens.

Die Worte sind matt und trübe; auch würde ich in diesem Gedränge von Erscheinungen nur immer das eine unerschöpfliche Gefühl unsrer ursprünglichen Harmonie von neuem wiederholen müssen. Eine große Zukunft winkt mich eilends weiter ins Unermeßliche hinaus, jede Idee öffnet ihren Schoß und entfaltet sich in unzählige neue Geburten. Die äußersten Enden der zügellosen Lust und der stillen Ahndung leben zugleich in mir. Ich erinnere mich an alles, auch an die Schmerzen, und alle meine ehemaligen und künftigen Gedanken regen sich und stehen wider mich auf. In den geschwollnen Adern tobt das wilde Blut, der Mund durstet nach Vereinigung und unter den vielen Gestalten der Freude wählt und wechselt die Fantasie und findet keine, in der die Begierde sich endlich erfüllen und endlich Ruhe finden könnte. Und dann gedenke ich wieder plötzlich und rührend der dunkeln Zeit, da ich immer wartete, ohne zu hoffen, und heftig liebte, ohne daß ich es wußte; da mein innerstes Wesen sich ganz in unbestimmte Sehnsucht ergoß und sie nur selten in halb unterdrückten Seufzern aushauchte.

Ja! ich würde es für ein Märchen gehalten haben, daß es solche Freude gebe und solche Liebe, wie ich nun fühle, und eine solche Frau, die mir zugleich die zärtlichste Geliebte und die beste Gesellschaft wäre und auch eine vollkommene Freundin. Denn in der Freundschaft besonders suchte ich alles, was ich entbehrte und was ich in keinem weiblichen Wesen zu finden hoffte. In dir habe ich es alles gefunden und mehr als ich zu wünschen vermochte: aber du bist auch nicht wie die andern. Was Gewohnheit oder Eigensinn weiblich nennen, davon weißt du nichts. Außer den kleinen Eigenheiten besteht die Weiblichkeit deiner Seele bloß darin, daß Leben und Lieben für sie gleich viel bedeutet; du fühlst alles ganz und unendlich, du weißt von keinen Absonderungen, dein Wesen ist Eins und unteilbar. Darum bist du so ernst und so freudig: darum nimmst du alles so groß und so nachlässig, und darum liebst du mich auch ganz und überläßt keinen Teil von mir etwa dem Staate, der Nachwelt oder den männlichen Freunden. Es gehört dir alles und wir sind uns überall die nächsten und verstehn uns am besten. Durch alle Stufen der Menschheit gehst du mit mir von der ausgelassensten Sinnlichkeit bis zur geistigsten Geistigkeit und nur in dir sah ich wahren Stolz und wahre weibliche Demut.

Das äußerste Leiden, wenn es uns nur umgäbe, ohne uns zu trennen, würde mir nichts scheinen als ein reizender Gegensatz für den hohen Leichtsinn unsrer Ehe. Warum sollten wir nicht die herbeste Laune des Zufalls für schönen Witz und ausgelassene Willkür nehmen, da wir unsterblich sind wie die Liebe? Ich kann nicht mehr sagen, meine Liebe oder deine Liebe; beide sind sich gleich und vollkommen Eins, so viel Liebe als Gegenliebe. Es ist Ehe, ewige Einheit und Verbindung unsrer Geister, nicht bloß für das was wir diese oder jene Welt nennen, sondern für die eine wahre, unteilbare, namenlose, unendliche Welt, für unser ganzes ewiges Sein und Leben. Darum würde ich auch, wenn es mir Zeit schiene, eben so froh und eben so leicht eine Tasse Kirschlorbeerwasser mit dir ausleeren, wie das letzte Glas Champagner, was wir zusammen tranken, mit den Worten von mir: „So laß uns den Rest unsers Lebens austrinken." – So sprach und trank ich eilig, ehe der edelste Geist des Weins verschäumte; und so, das sage ich noch einmal, so laß uns leben und lieben. Ich weiß, auch du würdest mich nicht überleben wollen, du würdest dem voreiligen Gemahle auch im Sarge folgen, und aus Lust und Liebe in den flammenden Abgrund steigen, in den ein rasendes Gesetz die indischen Frauen zwingt und die zartesten Heiligtümer der Willkür durch grobe Absicht und Befehl entweiht und zerstört.

Dort wird dann vielleicht die Sehnsucht voller befriedigt. Ich bin oft darüber erstaunt: jeder Gedanke und was sonst gebildet in uns ist, scheint in sich selbst vollendet, einzeln und unteilbar wie eine Person; eines verdrängt das andre, und was eben ganz nah und gegenwärtig war, sinkt bald in Dunkel zurück. Und dann gibt es doch wieder Augenblicke plötzlicher, allgemeiner Klarheit, wo mehrere solcher Geister der innern Welt durch wunderbare Vermählung völlig in Eins verschmelzen, und manches schon vergessene Stück unsers Ich in neuem Lichte strahlt und auch die Nacht der Zukunft mit seinem hellen Scheine öffnet. Wie im Kleinen so, glaube ich, ist es auch im Großen. Was wir ein Leben nennen, ist für den ganzen ewigen innern Menschen nur ein einziger Gedanke, ein unteilbares Gefühl. Auch für ihn gibts solche Augenblicke des tiefsten und vollsten Bewußtseins, wo ihm alle die Leben einfallen, sich anders mischen und trennen. Wir beide werden noch einst in Einem Geiste anschauen, daß wir Blüten Einer Pflanze oder Blätter Einer Blume sind, und mit Lächeln werden wir dann wissen, daß was wir jetzt nur Hoffnung nennen, eigentlich Erinnerung war.

Weißt du noch, wie der erste Keim dieses Gedankens vor dir in meiner Seele aufsproßte und auch gleich in der deinigen Wurzel faßte? – So schlingt die Religion der Liebe unsre Liebe immer inniger und stärker zusammen, wie das Kind die Lust der zärtlichen Eltern dem Echo gleich verdoppelt.

Nichts kann uns trennen und gewiß würde jede Entfernung mich nur gewaltsamer an dich reißen. Ich denke mir, wie ich bei der letzten

Umarmung im Gedränge der heftigen Widersprüche zugleich in Tränen und in Lachen ausbreche. Dann würde ich still werden und in einer Art von Betäubung durchaus nicht glauben, daß ich von dir entfernt sei, bis die neuen Gegenstände um mich her mich wider Willen überzeugten. Aber dann würde auch meine Sehnsucht unaufhaltsam wachsen, bis ich auf ihren Flügeln in deine Arme sänke. Laß auch die Worte oder die Menschen ein Mißverständnis zwischen uns erregen! Der tiefe Schmerz würde flüchtig sein und sich bald in vollkommenere Harmonie auflösen. Ich würde ihn so wenig achten, wie die liebende Geliebte im Enthusiasmus der Wollust die kleine Verletzung achtet.

Wie könnte uns die Entfernung entfernen, da uns die Gegenwart selbst gleichsam zu gegenwärtig ist. Wir müssen ihre verzehrende Glut in Scherzen lindern und kühlen und so ist uns die witzigste unter den Gestalten und Situationen der Freude auch die schönste. Eine unter allen ist die witzigste und die schönste: wenn wir die Rollen vertauschen und mit kindischer Lust wetteifern, wer den andern täuschender nachäffen kann, ob dir die schonende Heftigkeit des Mannes besser gelingt, oder mir die anziehende Hingebung des Weibes. Aber weißt du wohl, daß dieses süße Spiel für mich noch ganz andre Reize hat als seine eignen? Es ist auch nicht bloß die Wollust der Ermattung oder das Vorgefühl der Rache. Ich sehe hier eine wunderbare sinnreich bedeutende Allegorie auf die Vollendung des Männlichen und Weiblichen zur vollen ganzen

Menschheit. Es liegt viel darin, und was darin liegt, steht gewiß nicht so schnell auf wie ich, wenn ich dir unterliege.

*

Das war die dithyrambische Fantasie über die schönste Situation in der schönsten Welt! Ich weiß noch recht gut, wie du sie damals gefunden und genommen hast. Aber ich glaube auch eben so gut zu wissen, wie du sie hier finden und nehmen wirst; hier in diesem Büchelchen, von dem du mehr treue Geschichte, schlichte Wahrheit und ruhigen Verstand, ja sogar Moral, die liebenswürdige Moral der Liebe erwartest. „Wie kann man schreiben wollen, was kaum zu sagen erlaubt ist, was man nur fühlen sollte?“ – Ich antworte: Fühlt man es, so muß man es sagen wollen, und was man sagen will, darf man auch schreiben können.

Ich wollte dir erst beweisen und begründen, es liege ursprünglich und wesentlich in der Natur des Mannes ein gewisser tölpelhafter Enthusiasmus, der gern mit allem Zarten und Heiligen herausplatzt, nicht selten über seinen eignen treuherzigen Eifer ungeschickterweise hinstürzt und mit einem Worte leicht bis zur Grobheit göttlich ist.

Durch diese Apologie wäre ich zwar gerettet, aber vielleicht nur auf Unkosten der Männlichkeit selbst: denn so viel ihr auch im einzelnen von dieser haltet, so habt ihr doch immer viel und vieles wider das Ganze der Gattung. Ich will indessen auf keinen Fall gemeine Sache mit einer solchen Race haben und verteidige oder entschuldige daher meine Freiheit und Frechheit lieber bloß mit dem Beispiele der unschuldigen kleinen Wilhelmine, da sie doch auch eine Dame ist, die ich überdem auf das zärtlichste liebe. Darum will ich sie auch gleich ein wenig charakterisieren.

Charakteristik der kleinen Wilhelmine

Betrachtet man das sonderbare Kind nicht mit Rücksicht auf eine einseitige Theorie, sondern wie es sich ziemt, im Großen und Ganzen: so darf man kühnlich von ihr sagen, und es ist vielleicht das beste was man überhaupt von ihr sagen kann: Sie ist die geistreichste Person ihrer Zeit oder ihres Alters. Und das ist nicht wenig gesagt: denn wie selten ist harmonische Ausbildung unter zweijährigen Menschen? Der stärkste unter vielen starken Beweisen für ihre innere Vollendung ist ihre heitere Selbstzufriedenheit. Wenn sie gegessen hat, pflegt sie beide Ärmchen auf den Tisch ausgebreitet ihren kleinen Kopf mit närrischem Ernst darauf zu stützen, macht die Augen groß und wirft schlaue Blicke im Kreise der ganzen Familie umher. Dann richtet sie sich auf mit dem lebhaftesten Ausdrucke von Ironie und lächelt über ihre eigne Schlauheit und unsre Inferiorität. Überhaupt hat sie viel Bouffonerie und viel Sinn für Bouffonerie. Mache ich ihre Gebärden nach, so macht sie mir gleich wieder mein Nachmachen nach; und so haben wir uns eine mimische

Sprache gebildet und verständigen uns in den Hieroglyphen der darstellenden Kunst. Zur Poesie glaube ich hat sie weit mehr Neigung als zur Philosophie; so läßt sie sich auch lieber fahren und reiset nur im Notfall zu Fuß. Die harten Übelklänge unsrer nordischen Muttersprache verschmelzen auf ihrer Zunge in den weichen und süßen Wohllaut der italienischen und indischen Mundart. Reime liebt sie besonders, wie alles Schöne; sie kann oft gar nicht müde werden, alle ihre Lieblingsbilder, gleichsam eine klassische Auswahl ihrer kleinen Genüsse, sich selbst unaufhörlich nacheinander zu sagen und zu singen. Die Blüten aller Dinge jeglicher Art flicht Poesie in einen leichten Kranz und so nennt und reimt auch Wilhelmine Gegenden, Zeiten, Begebenheiten, Personen, Spielwerke und Speisen, alles durcheinander in romantischer Verwirrung, so viel Worte so viel Bilder; und das ohne alle Nebenbestimmungen und künstlichen Übergänge, die am Ende doch nur dem Verstande frommen und jeden kühneren Schwung der Fantasie hemmen. Für die ihrige ist alles in der Natur belebt und beseelt; und ich erinnere mich noch oft mit Vergnügen daran, wie sie in einem Alter von nicht viel mehr als einem Jahre zum erstenmal eine Puppe sah und fühlte. Ein himmlisches Lächeln blühte auf ihrem kleinen Gesichte und sie drückte gleich einen herzlichen Kuß auf die gefärbten Lippen von Holz. Gewiß! es liegt tief in der Natur des Menschen, daß er alles essen will, was er liebt, und jede neue Erscheinung unmittelbar zum Munde führt, um sie da wo möglich in ihre ersten Bestandteile zu zergliedern. Die gesunde Wißbegierde wünscht ihren Gegenstand ganz zu fassen, bis in sein Innerstes zu durchdringen und zu zerbeißen. Das Betasten dagegen bleibt bei der äußerlichen Oberfläche allein stehn, und alles Begreifen gewährt eine unvollkommene nur mittelbare Erkenntnis. Indessen ist es doch schon ein interessantes Schauspiel, wenn ein geistreiches Kind ein Ebenbild von sich erblickt, es mit den Händen zu begreifen und sich durch diese ersten und letzten Fühlhörner der Vernunft zu orientieren strebt; schüchtern verkriecht und versteckt sich der Fremdling und emsig ist die kleine Philosophin hinterdrein, den Gegenstand ihrer angefangenen Untersuchung zu verfolgen. –

Aber freilich ist Geist, Witz und Originalität bei Kindern gerade so selten wie bei Erwachsenen. Doch alles dies und so vieles andre gehört nicht hieher und würde mich über die Grenzen meines Zweckes führen! Denn diese Charakteristik soll ja nichts darstellen als ein Ideal, welches ich mir stets vor Augen halten will, um in diesem kleinen Kunstwerke schöner und zierlicher Lebensweisheit nie von der zarten Linie des Schicklichen zu verirren, und dir, damit du alle die Freiheiten und Frechheiten, die ich mir noch zu nehmen denke, im voraus verzeihst, oder doch von einem höhern Standpunkte beurteilen und würdigen kannst.

Habe ich etwa unrecht, wenn ich die Sittlichkeit bei Kindern, Zartheit und Zierlichkeit in Gedanken und Worten vornehmlich beim weiblichen Geschlecht suche? –

Und nun sieh! diese liebenswürdige Wilhelmine findet nicht selten ein unaussprechliches Vergnügen darin, auf dem Rücken liegend mit den Beinchen in die Höhe zu gestikulieren, unbekümmert um ihren Rock und um das Urteil der Welt. Wenn das Wilhelmine tut, was darf ich nicht tun, da ich doch bei Gott! ein Mann bin, und nicht zarter zu sein brauche wie das zarteste weibliche Wesen?

O beneidenswürdige Freiheit von Vorurteilen! Wirf auch du sie von dir, liebe Freundin, alle die Reste von falscher Scham, wie ich oft die fatalen Kleider von dir riß und in schöner Anarchie umherstreute. Und sollte dir ja dieser kleine Roman meines Lebens zu wild scheinen: so denke dir, daß er ein Kind sei und ertrage seinen unschuldigen Mutwillen mit mütterlicher Langmut und laß dich von ihm liebkosen.

Wenn du es mit der Wahrscheinlichkeit und durchgängigen Bedeutsamkeit einer Allegorie nicht so gar strenge nehmen und dabei so viel Ungeschicklichkeit im Erzählen erwarten wolltest, als man von den Bekenntnissen eines Ungeschickten fodern muß, wenn das Costum nicht verletzt werden soll: so möchte ich dir hier einen der letzten meiner wachenden Träume erzählen, da er ein ähnliches Resultat gibt wie die Charakteristik der kleinen Wilhelmine.

Allegorie von der Frechheit

Sorglos stand ich in einem kunstreichen Garten an einem runden Beet, welches mit einem Chaos der herrlichsten Blumen, ausländischen und inländischen, prangte. Ich sog den würzigen Duft ein und ergötzte mich an den bunten Farben: aber plötzlich sprang ein häßliches Untier mitten aus den Blumen hervor. Es schien geschwollen von Gift, die durchsichtige Haut spielte in allen Farben und man sah die Eingeweide sich winden wie Gewürme. Es war groß genug, um Furcht einzuflößen; dabei öffnete es Krebsscheren nach allen Seiten rund um den ganzen Leib; bald hüpfte es wie ein Frosch, dann kroch es wieder mit ekelhafter Beweglichkeit auf einer unzähligen Menge kleiner Füße. Mit Entsetzen wandte ich mich weg: da es mich aber verfolgen wollte, faßte ich Mut, warf es mit einem kräftigen Stoß auf den Rücken, und sogleich schien es mir nichts als ein gemeiner Frosch. Ich erstaunte nicht wenig, und noch mehr, da plötzlich jemand ganz dicht hinter mir sagte: „Das ist die öffentliche Meinung, und ich bin der Witz; deine falschen Freunde, jene Blumen sind schon alle welk.“ – Ich sah mich um und erblickte eine männliche Gestalt mittlerer Größe; die großen Formen des edlen Gesichts waren so ausgearbeitet und übertrieben, wie wir sie oft an römischen Brustbildern sehn. Ein freundliches Feuer strahlte aus den offnen lichten Augen, und zwei große Locken warfen und drängten sich sonderbar auf der kühnen Stirn. „Ich werde ein altes Schauspiel vor dir erneuern“, sprach er: „einige Jünglinge am Scheidewege. Ich selbst habe es der Mühe wert gehalten, sie in müßigen Stunden mit der göttlichen Fantasie zu erzeugen. Es sind die echten Romane, vier an der Zahl und unsterblich wie wir.“ – Ich schaute wohin er winkte, und ein schöner Jüngling flog kaum bekleidet über die grüne Ebne. Schon war er fern und ich sah nur noch eben, daß er sich auf ein Roß schwang und davon eilte als wollte er den lauen Abendwind überflügeln und seiner Langsamkeit spotten. Auf dem Hügel zeigte sich ein Ritter in voller Rüstung, groß und hehr von Gestalt, beinah ein Riese: aber die genaue Richtigkeit seines Wuchses und seiner Bildung nebst der treuherzigen Freundlichkeit in seinen bedeutenden Blicken und umständlichen Gebärden gab ihm dennoch eine gewisse altväterische Zierlichkeit. Er neigte sich gegen die untergehende Sonne, ließ sich langsam auf ein Knie nieder und schien mit großer Inbrunst zu beten, die rechte Hand aufs Herz, die linke an der Stirn. Der Jüngling, der zuvor so schnell war, lag nun ganz ruhig am Abhange und sonnte sich in den letzten Strahlen; dann sprang er auf, entkleidete sich, stürzte in den Strom und spielte mit den Wellen, tauchte unter, kam wieder hervor und warf sich von neuem in die Flut. Fernab im Dunkel des Hains schwebte etwas in griechischem Gewande wie eine Gestalt: aber wenn es eine ist, dachte ich, so kann sie kaum der Erde angehören; so matt waren die Farben, so eingehüllt das Ganze in heiligen Nebel. Da ich länger und genauer hinsah, zeigte sich's, daß es auch ein Jüngling sei, aber von ganz entgegengesetzter Art. Haupt und Arme lehnte die hohe Gestalt an eine Urne; seine ernsten Blicke schienen bald ein verlorenes Gut auf dem

Boden zu suchen, bald die blassen Sterne, die schon zu schimmern begannen, etwas zu fragen; ein Seufzer öffnete die Lippen, um die ein sanftes Lächeln schwebte. –

Jener ernste sinnliche Jüngling war unterdessen der einsamen Leibesübungen überdrüssig geworden und eilte mit leichten Schritten gerade auf uns zu. Er war nun ganz bekleidet, fast wie ein Schäfer, aber sehr bunt und sonderbar. Er hätte so auf einer Maskerade erscheinen können, auch spielten die Finger seiner Linken mit den Fäden, an denen eine Maske hing. Man hätte den fantastischen Knaben eben so gut für ein mutwilliges Mädchen halten mögen, das sich aus Laune verkleidet. Bisher ging er in gerader Richtung, aber plötzlich wurde er unsicher; er ging erst auf die eine Seite, dann eilte er zurück nach der andern und lachte dabei über sich selbst. „Der junge Mensch weiß nicht, ob er sich zur Frechheit oder zur Delikatesse halten soll“, sagte mein Begleiter. Ich sah zur Linken eine Gesellschaft schöner Frauen und Mädchen; zur Rechten stand eine große allein, und da ich hinsehen wollte nach der gewaltigen Form, begegnete ihr Blick dem meinen so scharf und kühn, daß ich die Augen niederschlug. Mitten unter den Damen war ein junger Mann, den ich sogleich für einen Bruder der andern Romane erkannte. Einer von denen wie man sie gegenwärtig sieht, aber viel gebildeter; seine Gestalt und sein Gesicht war nicht schön, aber fein, sehr verständig und äußerst anziehend. Man hätte ihn eben so gut für einen Franzosen wie für einen

Deutschen halten können; seine Kleidung und seine ganze Art war einfach, aber sorgfältig und völlig modern. Er unterhielt die Gesellschaft und schien sich für alle lebhaft zu interessieren. Die Mädchen waren sehr beweglich um die vornehmste Dame und schwatzten viel unter einander. „Ich habe doch noch mehr Gemüt wie du, liebe Sittlichkeit!“ sagte die eine; „aber ich heiße auch Seele und zwar die schöne.“ Die Sittlichkeit wurde etwas blaß und die Tränen schienen ihr nahe zu sein. „Ich war doch gestern so tugendhaft“, sagte sie, „und mache immer größere Fortschritte in der Anstrengung. Ich habe genug an meinen eignen Vorwürfen, warum muß ich noch welche von dir hören?“ – Eine andre, die Bescheidenheit, war neidisch auf die welche sich die schöne Seele nannte und sprach: „Ich bin böse mit dir, du willst mich nur als Mittel brauchen.“ – Die Dezenz, da sie die arme öffentliche Meinung so hülflos auf dem Rücken liegen sah, vergoß drittehalb Tränen und gebärdete sich dann auf eine interessante Weise, das Auge zu trocknen, welches aber gar nicht mehr naß war. – „Wundre dich nicht über diese Offenheit“, sagte der Witz; „sie ist weder gewöhnlich noch willkürlich. Die allmächtige Fantasie hat diese wesenlosen Schatten mit ihrem Zauberstabe berührt, damit sie ihr Inneres offenbaren. Du wirst gleich noch mehr hören. Aber die Frechheit redet von freien Stücken so.“ „Der junge Schwärmer da“, sagte die Delikatesse, „soll mich recht amüsieren; der wird immer schöne Verse auf mich machen. Ich werde ihn in der Ferne halten wie den Ritter. Der Ritter ist freilich schön, wenn er nur nicht so ernsthaft und feierlich aussähe. Der klügste von allen ist wohl der Elegant, der jetzt mit der Bescheidenheit spricht; ich glaube, er persifliert sie. Wenigstens hat er über die Sittlichkeit und ihr fades Gesicht viel Hübsches gesagt. Er hat doch mit mir am meisten gesprochen, und könnte mich wohl einmal verführen, wenn ich mich nicht anders besinne, oder wenn keiner erscheint, der noch mehr nach der Mode ist." – Der Ritter hatte sich der Gesellschaft nun auch genähert; die linke Hand stützte sich auf den Griff des großen Schwertes, und mit der rechten bot er den Anwesenden höflichen Gruß. – „Ihr seid doch alle gewöhnlich und ich habe Langeweile", sagte der moderne Mann, gähnte und ging fort. Ich sah nunmehr, daß die Frauen, die ich beim ersten Blick für schön gehalten hatte, eigentlich nur blühend und artig, übrigens aber unbedeutend waren. Sah man genau zu, so fanden sich sogar gemeine Züge und Spuren von Verderbtheit. Die Frechheit schien mir nun weniger hart, ich konnte sie dreist ansehen und mußte es mir mit Verwunderung gestehn, daß ihre Bildung groß und edel sei. Sie ging hastig auf die schöne Seele zu und griff ihr gerade ins Gesicht. „Das ist nur eine Maske", sagte sie; „du bist nicht die schöne Seele, sondern höchstens die Zierlichkeit, oft auch die Koketterie." – Dann wandte sie sich zum Witz mit den Worten: „Wenn du die gemacht hast, die man jetzt Romane nennt, so hättest du deine Zeit auch besser anwenden können. Kaum hie und da finde ich in den besten etwas von der leichten Poesie des flüchtigen Lebens: aber wohin ist sie entflohen, die kühne Musik des lieberasenden Herzens, sie die alles mit sich fortreißt, so daß der Wildeste zärtliche Tränen vergießt und die ewigen Felsen selber tanzen? Keiner ist so albern und keiner so nüchtern, der nicht von Liebe schwatzt: aber wer sie noch kennt, hat kein Herz und keinen Glauben, sie auszusprechen." Der Witz lachte, der himmlische Jüngling winkte Beifall aus der Ferne, und sie fuhr fort: „Wenn die, welche unvermögend am Geist sind, Kinder mit ihm zeugen wollen; wenn die, welche es gar nicht verstehn, zu leben wagen: das ist höchst unanständig, denn es ist höchst unnatürlich und höchst unschicklich. Aber daß der Wein schäumt und der Blitz zündet, ist ganz richtig und ganz schicklich." – Der leichtfertige Roman hatte nun gewählt; er war bei diesen Worten schon um die Frechheit und schien ihr ganz ergeben. Sie eilte Arm in Arm mit ihm davon und sagte nur im Vorbeigehn zu dem Ritter: „Wir sehn uns wieder." – „Das waren nur äußerliche Erscheinungen", sprach mein Beschützer, „und du wirst gleich das Innere in dir schauen. Übrigens bin ich eine wahre Person und der wahre Witz; das schwöre ich dir bei mir selber, ohne den Arm in die Unendlichkeit auszustrecken." Alles verschwand nun, und auch der Witz wuchs und dehnte sich, bis er nicht mehr war. Nicht mehr vor und außer mir, wohl aber in mir glaubte ich ihn wieder zu finden; ein Stück meines Selbst und doch verschieden von mir, in sich lebendig und selbständig. Ein neuer Sinn schien mir aufgetan; ich entdeckte in mir eine reine Masse von mildem Licht. Ich kehrte in mich selbst zurück und in den neuen Sinn, dessen Wunder ich schaute. Er sah so klar und bestimmt, wie ein geistiges nach Innen gerichtetes

Auge: dabei waren aber seine Wahrnehmungen innig und leise wie die des Gehörs, und so unmittelbar wie die des Gefühls. Ich erkannte bald die Szene der äußern Welt wieder, aber reiner und verklärt, oben den blauen Mantel des Himmels, unten den grünen Teppich der reichen Erde, die bald von fröhlichen Gestalten wimmelte. Denn was ich nur im Innersten wünschte, lebte und drängte sich gleich hier, ehe ich selbst den Wunsch noch deutlich gedacht hatte. Und so sah ich denn bald bekannte und unbekannte liebe Gestalten in wunderlichen Masken, wie ein großes Karneval der Lust und Liebe. Innre Saturnalien, an seltsamer Mannichfaltigkeit und Zügellosigkeit der großen Vorwelt nicht unwürdig. Aber nicht lange schwärmte das geistige Bacchanal durch einander, so zerriß diese ganze innre Welt wie durch einen elektrischen Schlag und ich vernahm ich weiß nicht wie und woher die geflügelten Worte: „Vernichten und Schaffen, Eins und Alles; und so schwebe der ewige Geist ewig auf dem ewigen Weltstrome der Zeit und des Lebens und nehme jede kühnere Welle wahr, ehe sie zerfließt." – Furchtbar schön und sehr fremd tönte diese Stimme der Fantasie, aber milder und mehr wie an mich gerichtet die folgenden Worte: „Die Zeit ist da, das innre Wesen der Gottheit kann offenbart und dargestellt werden, alle Mysterien dürfen sich enthüllen und die Furcht soll aufhören. Weihe dich selbst ein und verkündige es, daß die Natur allein ehrwürdig und die Gesundheit allein liebenswürdig ist." – Bei den geheimnisvollen Worten, *die Zeit ist da*, fiel wie eine Flocke von himmlischem Feuer in meine Seele. Es brannte und zehrte in meinem Mark; es drängte und stürmte sich zu äußern. Ich griff nach Waffen, um mich in das Kriegsgetümmel der Leidenschaften, die mit Vorurteilen wie mit Waffen wüten, zu stürzen und für die Liebe und die Wahrheit zu kämpfen: aber es waren keine Waffen da. Ich öffnete den Mund, um sie in Gesang zu verkündigen, und ich dachte, alle Wesen müßten ihn vernehmen und die ganze Welt sollte harmonisch wiederklingen: aber ich besann mich, daß meine Lippen die Kunst nicht gelernt hätten, die Gesänge des Geistes nachzubilden. – „Du mußt das unsterbliche Feuer nicht rein und roh mitteilen wollen", sprach die bekannte Stimme meines freundlichen Begleiters. „Bilde, erfinde, verwandle und erhalte die Welt und ihre ewigen Gestalten im steten Wechsel neuer Trennungen und Vermählungen. Verhülle und binde den Geist im Buchstaben. Der echte Buchstabe ist allmächtig und der eigentliche Zauberstab. Er ist es, mit dem die unwiderstehliche Willkür der hohen Zauberin Fantasie das erhabene Chaos der vollen Natur berührt, und das unendliche Wort ans Licht ruft, welches ein Ebenbild und Spiegel des göttlichen Geistes ist, und welches die Sterblichen Universum nennen."

*

Wie die weibliche Kleidung vor der männlichen, so hat auch der weibliche Geist vor dem männlichen den Vorzug, daß man sich da durch eine einzige kühne Kombination über alle Vorurteile der Kultur und bürgerlichen Konventionen wegsetzen und mit einemmale mitten im Stande der Unschuld und im Schoß der Natur befinden kann.

An wen sollte also wohl die Rhetorik der Liebe ihre Apologie der Natur und der Unschuld richten als an alle Frauen, in deren zarten Herzen das heilige Feuer der göttlichen Wollust tief verschlossen ruht, und nie ganz verlöschen kann, wenn es auch noch so sehr verwahrlost und verunreinigt wird? Nächstdem freilich auch an die Jünglinge, und an die Männer die noch Jünglinge geblieben sind. Bei diesen ist aber schon ein großer Unterschied zu machen. Man könnte alle Jünglinge einteilen in solche, die das haben, was Diderot die Empfindung des Fleisches nennt, und in solche die es nicht haben. Eine seltne Gabe! Viele Maler von Talent und Einsicht streben ihr ganzes Leben umsonst danach, und viele Virtuosen der Männlichkeit vollenden ihre Laufbahn, ohne eine Ahndung davon gehabt zu haben. Auf dem gemeinen Wege kommt man nicht dahin. Ein Libertin mag verstehen mit einer Art von Geschmack den Gürtel zu lösen. Aber jenen höhern Kunstsinn der Wollust, durch den die männliche Kraft erst zur Schönheit gebildet wird, lehrt nur die Liebe allein den Jüngling. Es ist Elektrizität des Gefühls, dabei aber im Innern ein stilles leises Lauschen, im Äußern eine gewisse klare Durchsichtigkeit, wie in den hellen Stellen der Malerei, die ein reizbares Auge so deutlich fühlt. Es ist eine wunderbare Mischung und Harmonie aller Sinne: so gibt es auch in der Musik ganz kunstlose, reine, tiefe Akzente, die das Ohr nicht zu hören, sondern wirklich zu trinken scheint, wenn das Gemüt nach Liebe durstet. Übrigens aber möchte sich die Empfindung des Fleisches nicht weiter definieren lassen. Das ist auch unnötig. Genug sie ist für Jünglinge der erste Grad der Liebeskunst und eine angeborne Gabe der Frauen, durch deren Gunst und Huld allein sie jenen mitgeteilt, und angebildet werden kann. Mit den Unglücklichen, die sie nicht kennen, muß man nicht von Liebe reden: denn von Natur ist in dem Manne zwar ein Bedürfnis aber kein Vorgefühl derselben. Der zweite Grad hat schon etwas Mystisches, und könnte leicht vernunftwidrig scheinen wie jedes Ideal. Ein Mann der das innere Verlangen seiner Geliebten nicht ganz füllen und befriedigen kann, versteht es gar nicht zu sein, was er doch ist und sein soll. Er ist eigentlich unvermögend, und kann keine gültige Ehe schließen. Zwar verschwindet auch die höchste endliche Größe vor dem Unendlichen, und durch bloße Kraft läßt sich also das Problem auch bei dem besten Willen nicht auflösen. Aber wer Fantasie hat, kann auch Fantasie mitteilen, und wo die ist, entbehren die Liebenden gern, um zu verschwenden; ihr Weg geht nach Innen, ihr Ziel ist intensive Unendlichkeit, Unzertrennlichkeit ohne Zahl und Maß; und eigentlich brauchen sie nie zu entbehren, weil jener Zauber alles zu ersetzen vermag. Aber still von diesen Geheimnissen! Der dritte und höchste Grad ist das bleibende Gefühl von harmonischer Wärme. Welcher Jüngling das hat, der liebt nicht mehr bloß wie ein Mann, sondern zugleich auch wie ein Weib. In ihm ist die Menschheit vollendet, und er hat den Gipfel des

Lebens erstiegen. Denn gewiß ist es, daß Männer von Natur bloß heiß oder kalt sind: zur Wärme müssen sie erst gebildet werden. Aber die Frauen sind von Natur sinnlich und geistig warm und haben Sinn für Wärme jeder Art.

Wenn dieses tolle kleine Buch einmal gefunden, vielleicht gedruckt, und gar gelesen wird, so muß es auf alle glücklichen Jünglinge ungefähr den gleichen Eindruck machen. Nur verschieden nach den verschiedenen Stufen ihrer Ausbildung. Denen vom ersten Grad wird es die Empfindung des Fleisches erregen; die vom zweiten kann es ganz befriedigen; und denen vom dritten soll bloß warm dabei werden.

Ganz anders würde es mit den Frauen sein. Unter ihnen gibt es keine Ungeweihten; denn jede hat die Liebe schon ganz in sich, von deren unerschöpflichem Wesen wir Jünglinge nur immer ein wenig mehr lernen und begreifen. Schon entfaltet, oder noch im Keime, das ist gleichviel. Auch das Mädchen weiß in ihrer naiven Unwissenheit doch schon alles, noch ehe der Blitz der Liebe in ihrem zarten Schoß gezündet, und die verschloßne Knospe zum vollen Blumenkelch der Lust entfaltet hat. Und wenn eine Knospe Gefühl hätte, würde nicht das Vorgefühl der Blume deutlicher in ihr sein, als das Bewußtsein ihrer selbst? –

Darum gibt es in der weiblichen Liebe keine Grade und Stufen der Bildung, überhaupt nichts allgemeines; sondern so viel Individuen, so viel eigentümliche Arten. Kein Linné kann uns alle diese schönen Gewächse und Pflanzen im großen Garten des Lebens klassifizieren und verderben; und nur der eingeweihte Liebling der Götter versteht ihre wunderbare Botanik; die göttliche Kunst, ihre verhüllten Kräfte und Schönheiten zu erraten und zu erkennen, wann die Zeit ihrer Blüte sei und welches Erdreich sie bedürfen. Da wo der Anfang der Welt oder doch der Anfang der Menschen ist, da ist auch der eigentliche Mittelpunkt der Originalität, und kein Weiser hat die Weiblichkeit ergründet.

Eines zwar scheint die Frauen in zwei große Klassen zu teilen. Das nämlich, ob sie die Sinne achten und ehren, die Natur, sich selbst und die Männlichkeit: oder ob sie diese wahre innere Unschuld verloren haben, und jeden Genuß mit Reue erkaufen, bis zur bittern Gefühllosigkeit gegen innere Mißbilligung. Das ist ja die Geschichte so vieler. Erst scheuen sie die Männer, dann werden sie Unwürdigen hingegeben, welche sie bald hassen oder betrügen, bis sie sich selbst und die weibliche Bestimmung verachten. Ihre kleine Erfahrung halten sie für allgemein und alles andre für lächerlich; der enge Kreis von Rohheit und Gemeinheit, in dem sie sich beständig drehen, ist für sie die ganze Welt, und es fällt ihnen gar nicht ein, daß es auch noch andre Welten geben könne. Für diese sind die Männer nicht Menschen, sondern bloß Männer, eine eigne Gattung, die fatal aber doch gegen die Langeweile unentbehrlich ist. Sie selbst sind denn auch eine bloße Sorte, eine wie die andre, ohne Originalität und ohne Liebe.

Aber sind sie unheilbar weil sie ungeheilt sind? Mir ist es so einleuchtend und klar, daß nichts unnatürlicher für eine Frau sei, als Prüderie (ein Laster an das ich nie ohne eine gewisse innerliche Wut denken kann) und nichts beschwerlicher als Unnatürlichkeit, daß ich keine Grenze bestimmen, und keine für unheilbar halten möchte. Ich glaube ihre Unnatur kann nie zuverlässig werden, wenn sie auch noch so viel Leichtigkeit und Unbefangenheit darin erlangt haben, bis zu einem Schein von Konsequenz und Charakter. Es bleibt doch nur Schein; das Feuer der Liebe ist durchaus unverlöschlich, und noch unter der tiefsten Asche glühen Funken.

Diese heilige Funken zu wecken, von der Asche der Vorurteile zu reinigen, und wo die Flamme schon lauter brennt, sie mit bescheidenem Opfer zu nähren; das wäre das höchste Ziel meines männlichen Ehrgeizes. Laß mich's bekennen, ich liebe nicht dich allein, ich liebe die Weiblichkeit selbst. Ich liebe sie nicht bloß, ich bete sie an, weil ich die Menschheit anbete, und weil die Blume der Gipfel der Pflanze und ihrer natürlichen Schönheit und Bildung ist.

Es ist die älteste kindlichste einfachste Religion, zu der ich zurückgekehrt bin. Ich verehre als vorzüglichstes Sinnbild der Gottheit das Feuer; und wo gibts ein schöneres, als das was die Natur tief in die weiche Brust der Frauen verschloß? – Weihe du mich zum Priester, nicht um es müßig zu beschauen, sondern um es zu befreien, zu wecken, und zu reinigen: wo es rein ist, erhält es sich selber, ohne Wache und ohne Vestalinnen.

Ich schreibe und schwärme, wie du siehst, nicht ohne Salbung; aber es geschieht auch nicht ohne Beruf, und zwar göttlichen Beruf. Was darf sich der nicht zutrauen, zu dem der Witz selbst durch eine Stimme vom geöffneten Himmel herab sprach: „Du bist mein lieber Sohn an dem ich Wohlgefallen habe.“ – Und warum soll ich nicht aus eigner Vollmacht und Willkür von mir sagen: „Ich bin des Witzes lieber Sohn“; wie mancher Edle, der auf Abenteuer durchs Leben wanderte, von sich sagte: „Ich bin des Glückes lieber Sohn.“ –

Übrigens wollte ich eigentlich davon reden, welchen Eindruck dieser fantastische Roman auf die Frauen machen würde, wenn der Zufall oder die Willkür ihn fände und öffentlich aufstellte. Es wäre auch in der Tat unschicklich, wenn ich dir nicht in aller Kürze mit einigen kleinen Beweisen von Weissagung und Divination aufwartete, um mein Recht auf die Priesterwürde darzutun.

Verstehen würden mich alle, keine so mißverstehen und so mißbrauchen wie die uneingeweihten Jünglinge. Viele würden mich besser verstehen als ich selbst, aber nur Eine ganz, und die bist du. Alle übrigen hoffe ich wechselweise anzuziehen und abzustoßen, oft zu verletzen und eben so oft zu versöhnen. Bei jeder gebildeten wird der Eindruck ganz verschieden, und ganz eigen sein; so eigen und so verschieden wie ihre eigentümliche Art zu sein, und zu lieben. Clementinen wird das Ganze bloß interessieren als eine Sonderbarkeit, hinter der aber doch wohl etwas sein könnte; einiges indessen wird sie richtig finden. Man nennt sie hart und heftig, und doch glaube ich an ihre Liebenswürdigkeit. Ihre Heftigkeit versöhnt mich mit ihrer Härte, obgleich beide sich dem äußern Anschein nach vermehren. Wäre die Härte allein, so müßte sie Kälte und Mangel an Herz scheinen; die Heftigkeit zeigt, daß heiliges Feuer da ist, was durchbrechen will. Du kannst leicht denken wie sie einem mitspielen würde, den sie im Ernst liebte. Die weiche und verletzbare Rosamunde wird sich eben so oft anneigen als wegwenden, bis „scheue Zartheit kühner wird und nichts als Unschuld sieht in inn'ger Liebe Tun". Juliane hat eben so viel Poesie als Liebe, eben so viel Enthusiasmus als Witz: aber beides ist zu isoliert in ihr, darum wird sie bisweilen über das kühne Chaos weiblich erschrecken, und dem Ganzen etwas mehr Poesie und etwas weniger Liebe wünschen.

Ich könnte so noch lange fortfahren, denn ich strebe aus allen Kräften nach Menschenkenntnis, und ich weiß meine Einsamkeit oft nicht würdiger anzuwenden, als indem ich darüber reflektiere, wie diese oder jene interessante Frau in diesem oder jenem interessanten Verhältnisse wohl sein und sich verhalten dürfte. Doch genug für jetzt, sonst möchte es dir zu viel werden, und die Vielseitigkeit deinem Propheten übel geraten.

Denke nur nicht so arg von mir und glaube, daß ich nicht allein für dich sondern für die Mitwelt dichte. Glaube mir, es ist mir bloß um die Objektivität meiner Liebe zu tun. Diese Objektivität und jede Anlage zu ihr bestätigt und bildet ja eben die Magie der Schrift, und weil es mir versagt ist, meine Flamme in Gesänge auszuhauchen, muß ich den stillen Zügen das schöne Geheimnis vertrauen. Dabei denke ich aber eben so wenig an die ganze Mitwelt, als an die Nachwelt. Und muß es ja eine Welt sein, an die ich denken soll: so sei es am liebsten die Vorwelt. Die Liebe selbst sei ewig neu und ewig jung, aber ihre Sprache sei frei und kühn, nach alter klassischer Sitte, nicht züchtiger wie die römische Elegie und die Edelsten der größten Nation, und nicht vernünftiger wie der große Plato und die heilige Sappho.

Idylle über den Müßiggang

„Sieh ich lernte von selbst, und ein Gott hat mancherlei Weisen mir in die Seele gepflanzt.“ So darf ich kühnlich sagen, wenn nicht von der fröhlichen Wissenschaft der Poesie die Rede ist, sondern von der gottähnlichen Kunst der Faulheit. Mit wem sollte ich also lieber über den Müßiggang denken und reden als mit mir selbst? Und so sprach ich denn auch in jener unsterblichen Stunde, da mir der Genius eingab, das hohe Evangelium der echten Lust und Liebe zu verkündigen, zu mir selbst: „O Müßiggang, Müßiggang! du bist die Lebensluft der Unschuld und der

Begeisterung; dich atmen die Seligen, und selig ist wer dich hat und hegt, du heiliges Kleinod! einziges Fragment von Gottähnlichkeit, das uns noch aus dem Paradiese blieb." Ich saß, da ich so in mir sprach, wie ein nachdenkliches Mädchen in einer gedankenlosen Romanze am Bach, sah den fliehenden Wellen nach. Aber die Wellen flohen und flossen so gelassen, ruhig und sentimental, als sollte sich ein Narcissus in der klaren Fläche bespiegeln und sich in schönem Egoismus berauschen. Auch mich hätte sie locken können, mich immer tiefer in die innere Perspektive meines Geistes zu verlieren, wenn nicht meine Natur so uneigennützig und so praktisch wäre, daß sogar meine Spekulation unaufhörlich nur um das allgemeine Gute besorgt ist. Daher dachte ich auch, ungeachtet mein Gemüt in seiner Behaglichkeit so matt war, wie die von der gewaltigen Hitze aufgelösten und hingesunknen Glieder, ernstlich über die Möglichkeit einer dauernden Umarmung nach. Ich sann auf Mittel das Beisammensein zu verlängern, und künftig lieber alle kindlich rührenden Elegien über plötzliche Trennung zu verhüten, als uns wie bisher an dem Komischen einer solchen Fügung des Schicksals zu ergötzen, weil es nun doch einmal geschehen und unabänderlich sei. Erst nachdem die Kraft der angespannten Vernunft an der Unerreichbarkeit des Ideals brach und erschlaffte, überließ ich mich dem Strome der Gedanken, und hörte willig alle die bunten Märchen an, mit denen Begierde und Einbildung, unwiderstehliche Sirenen in meiner eignen Brust, meine Sinne bezauberten. Es fiel mir nicht ein das verführerische Gaukelspiel unedel zu kritisieren, ungeachtet ich wohl wußte, daß das meiste nur schöne Lüge sei. Die zarte Musik der Fantasie schien die Lücken der Sehnsucht auszufüllen. Dankbar nahm ich das wahr und beschloß, was das hohe Glück mir diesmal gegeben, auch künftig durch eigne Erfindsamkeit für uns beide zu wiederholen, und dir dieses Gedicht der Wahrheit zu beginnen. So erzeugte sich der erste Keim zu dem wundersamen Gewächs von Willkür und Liebe. Und frei wie es entsprossen ist, dacht' ich, soll es auch üppig wachsen und verwildern, und nie will ich aus niedriger Ordnungsliebe und Sparsamkeit die lebendige Fülle von überflüssigen Blättern und Ranken beschneiden.

Gleich einem Weisen des Orients war ich ganz versunken in ein heiliges Hinbrüten und ruhiges Anschauen der ewigen Substanzen, vorzüglich der deinigen und der meinigen. Größe in Ruhe, sagen die Meister, sei der höchste Gegenstand der bildenden Kunst; und ohne es deutlich zu wollen, oder mich unwürdig zu bemühen, bildete und dichtete ich auch unsre ewigen Substanzen in diesem würdigen Styl. Ich erinnerte mich, und ich sah uns, wie gelinder Schlaf die Umarmten mitten in der Umarmung umfing. Dann und wann öffnete einer die Augen, lächelte über den süßen Schlaf des andern und wurde wach genug um ein scherzendes Wort, eine Liebkosung zu beginnen: aber noch ehe der angefangene Mutwille geendigt war, sanken wir beide fest verschlungen in den seligen Schoß einer halbbesonnenen Selbstvergessenheit zurück.

Mit dem äußersten Unwillen dachte ich nun an die schlechten Menschen, welche den Schlaf vom Leben subtrahieren wollen. Sie haben wahrscheinlich nie geschlafen, und auch nie gelebt. Warum sind denn die Götter Götter, als weil sie mit Bewußtsein und Absicht nichts tun, weil sie das verstehen und Meister darin sind? Und wie streben die Dichter, die Weisen und die Heiligen auch darin den Göttern ähnlich zu werden! Wie wetteifern sie im Lobe der Einsamkeit, der Muße, und einer liberalen Sorglosigkeit und Untätigkeit! Und mit großem Recht: denn alles Gute und Schöne ist schon da und erhält sich durch seine eigne Kraft. Was soll also das unbedingte Streben und Fortschreiten ohne Stillstand und Mittelpunkt? Kann dieser Sturm und Drang der unendlichen Pflanze der Menschheit, die im Stillen von selbst wächst und sich bildet, nährenden Saft oder schöne Gestaltung geben? Nichts ist es, dieses leere unruhige Treiben, als eine nordische Unart und wirkt auch nichts als Langeweile, fremde und eigne. Und womit beginnt und endigt es als mit der Antipathie gegen die Welt, die jetzt so gemein ist? Der unerfahrne Eigendünkel ahndet gar nicht, daß dies nur Mangel an Sinn und Verstand sei und hält es für hohen Unmut über die allgemeine Häßlichkeit der Welt und des Lebens, von denen er doch noch nicht einmal das leiseste Vorgefühl hat. Er kann es nicht haben, denn der Fleiß und der Nutzen sind die Todesengel mit dem feurigen Schwert, welche dem Menschen die Rückkehr ins Paradies verwehren. Nur mit Gelassenheit und Sanftmut, in der heiligen Stille der echten Passivität kann man sich an sein ganzes Ich erinnern, und die Welt und das Leben anschauen. Wie geschieht alles Denken und Dichten, als daß man sich der Einwirkung irgend eines Genius ganz überläßt und hingibt? Und doch ist das Sprechen und Bilden nur Nebensache in allen Künsten und Wissenschaften, das Wesentliche ist das Denken und Dichten, und das ist nur durch Passivität möglich. Freilich ist es eine absichtliche, willkürliche, einseitige, aber doch Passivität. Je schöner das Klima ist, je passiver ist man. Nur Italiäner wissen zu gehen, und nur die im Orient verstehen zu liegen; wo hat sich aber der Geist zarter und süßer gebildet als in Indien? Und unter allen Himmelsstrichen ist es das Recht des Müßiggangs was Vornehme und Gemeine unterscheidet, und das eigentliche Prinzip des Adels.

Endlich wo ist mehr Genuß, und mehr Dauer, Kraft und Geist des Genusses; bei den Frauen, deren Verhältnis wir Passivität nennen, oder etwa bei den Männern, bei denen der Übergang von übereilender Wut zur Langenweile schneller ist, als der Übergang vom Guten zum Bösen?

In der Tat man sollte das Studium des Müßiggangs nicht so sträflich vernachlässigen, sondern es zur Kunst und Wissenschaft, ja zur Religion bilden! Um alles in Eins zu fassen: je göttlicher ein Mensch oder ein Werk des Menschen ist, je ähnlicher werden sie der Pflanze; diese ist unter allen Formen der Natur die sittlichste, und die schönste. Und also wäre ja das höchste vollendetste Leben nichts als ein *reines Vegetieren.*

Ich nahm mir vor, mich zufrieden im Genuß meines Daseins über alle doch endliche, und also verächtliche Zwecke und Vorsätze zu erheben. Die Natur selbst schien mich in diesem Unternehmen zu bestärken, und mich gleichsam in vielstimmigen Chorälen zum fernern Müßiggang zu ermahnen, als sich plötzlich eine neue Erscheinung offenbarte. Ich glaubte unsichtbarerweise in einem Theater zu sein: auf der einen Seite zeigten sich die bekannten Bretter, Lampen und bemalten Pappen; auf der andern ein unermeßliches Gedränge von Zuschauern, ein wahres Meer von wißbegierigen Köpfen und teilnehmenden Augen. An der rechten Seite des Vorgrundes war statt der Dekoration ein Prometheus abgebildet, der Menschen verfertigte. Er war an einer langen Kette gefesselt, und arbeitete mit der größten Hast und Anstrengung; auch standen einige ungeheure Gesellen daneben, die ihn unaufhörlich antrieben und geißelten. Leim und andre Materialien waren im Überfluß da; das Feuer nahm er aus einer großen Kohlenpfanne. Gegenüber zeigte sich auch als stumme Figur der vergötterte Herkules, wie er abgebildet wird mit der Hebe auf dem Schoß. Vorn auf der Bühne liefen und sprachen eine Menge jugendlicher Gestalten, die sehr fröhlich waren, und nicht bloß zum Schein lebten. Die jüngsten glichen Amorinen, die mehr erwachsenen den Bildern von Faunen: aber jeder hatte seine eigne Manier, eine auffallende Originalität des Gesichts, und alle hatten irgend eine Ähnlichkeit von dem Teufel der christlichen Maler oder Dichter; man hätte sie Satanisken nennen mögen. Einer der kleinsten sagte: „Wer nicht verachtet, der kann auch nicht achten; beides kann man nur unendlich. und der gute Ton besteht darin, daß man mit den Menschen spielt. Ist also nicht eine gewisse ästhetische Bosheit ein wesentliches Stück der harmonischen Ausbildung?" „Nichts ist toller", sagte ein andrer, „als wenn die Moralisten euch Vorwürfe über den Egoismus machen. Sie haben vollkommen unrecht: denn welcher Gott kann dem Menschen ehrwürdig sein, der nicht sein eigner Gott ist? Ihr irrt freilich darin, daß ihr ein Ich zu haben glaubt; aber wenn ihr indessen euren Leib und Namen oder eure Sachen dafür haltet, so wird doch wenigstens ein Logis bereitet, wenn etwa ja noch ein Ich kommen sollte." – „Und diesen Prometheus könnt ihr nur recht in Ehren halten", sagte einer der größten; „er hat euch alle gemacht, und macht immer mehrere eures gleichen." – In der Tat warfen auch die Gesellen jeden neuen Menschen, so wie er fertig war, unter die Zuschauer herab, wo man ihn sogleich gar nicht mehr unterscheiden konnte, so ähnlich waren sie alle. „Er fehlt nur in der Methode!" fuhr der Satanikus fort: „Wie kann man allein Menschen bilden wollen? Das sind gar nicht die rechten Werkzeuge." Und dabei winkte er auf eine rohe Figur vom Gott der Gärten, die ganz im Hintergrunde der Bühne zwischen einem Amor und einer sehr schönen unbekleideten Venus stand. „Darin dachte unser Freund Herkules richtiger, der funfzig Mädchen in einer Nacht für das Heil der Menschheit beschäftigen konnte, und zwar heroische. Er hat auch gearbeitet und viel grimmige Untiere erwürgt, aber das Ziel seiner Laufbahn war doch immer ein edler Müßiggang, und darum ist er auch in den Olymp gekommen. Nicht so dieser Prometheus, der Erfinder der Erziehung und Aufklärung. Von ihm habt ihr es, daß ihr nie ruhig sein könnt, und euch immer so treibt; daher kommt es, daß ihr, wenn ihr sonst gar nichts zu tun habt, auf eine alberne Weise sogar nach Charakter streben müßt, oder euch einer den andern beobachten und ergründen wollt. Ein solches Beginnen ist niederträchtig. Prometheus aber, weil er die Menschen zur Arbeit verführt hat, so muß er nun auch arbeiten, er mag wollen oder nicht. Er wird noch Langeweile genug haben, und nie von seinen Fesseln frei werden." Da dies die Zuschauer hörten, brachen sie in Tränen aus, und sprangen auf die Bühne um ihren Vater der lebhaftesten Teilnahme zu versichern; und so verschwand die allegorische Komödie.

Treue und Scherz

Du bist doch allein Lucinde? – Ich weiß nicht... vielleicht... ich glaube – Bitte, bitte! liebe Lucinde. Weißt du wohl wenn die kleine Wilhelmine, Bitte, bitte! sagt, und man tut's nicht gleich, so schreit sie's immer lauter und ernsthafter, bis ihr Wille geschieht. – Also das hast du mir sagen wollen, darum stürzest du so außer Atem ins Zimmer und hast mich so erschreckt? – Sei nicht böse, süßes Weib! o laß mich, mein Kind! du Schöne! mach mir keine Vorwürfe, gutes Mädchen! – Nun, wirst du noch nicht bald sagen: schließ die Türen zu? – So?... Gleich will ich dir antworten. Nur erst einen recht langen Kuß, und wieder einen, dann noch einige und viele andre mehr. – O, du mußt mich nicht so küssen wenn ich vernünftig bleiben soll. Das macht böse Gedanken. – Die verdienst du. Kannst du wirklich lachen, meine verdrießliche Dame? Wer hätte das denken sollen! aber ich weiß wohl, du lachst bloß weil du mich auslachen kannst. Aus Lust tust du es nicht. Denn wer sah nur eben so ernsthaft aus wie ein römischer Senator? Recht entzückend hättest du aussehen können, liebes Kind! mit deinen heiligen dunklen Augen, mit deinen langen schwarzen Haaren im glänzenden Widerschein der Abendsonne, wenn du nicht da gesessen hättest, als säßest du zu Gericht. Bei Gott! du hast mich so angeblickt, daß ich ordentlich zurückfuhr. Ich hätte bald das Wichtigste vergessen, und bin ganz in Konfusion geraten. Aber warum sprichst du denn gar nicht? Bin ich dir zuwider? – Nun das ist komisch! du närrischer Julius! wen läßt du zum Reden kommen? deine Zärtlichkeit fließt heute ja wie ein Platzregen. – Wie dein Gespräch in der Nacht. – O das Halstuch lassen Sie nur, mein Herr. – Lassen? Nichts weniger als das. Was soll so ein elendes dummes Halstuch? Vorurteile! Aus der Welt muß es. – Wenn uns nur nicht jemand stört! – Sieht sie nicht schon wieder aus, als ob sie weinen wollte! Du bist doch wohl? Warum schlägt dein Herz so unruhig? Komm laß mich's küssen. Ja du sagtest vorhin von Türen zuschließen. Gut, aber so nicht, nicht hier. Geschwind herunter durch den Garten, nach dem Pavillon, wo die Blumen stehn. Komm! o laß mich nicht so lange warten. – Wie Sie befehlen mein Herr! – Ich weiß nicht, du bist heute so sonderbar. – Wenn du anfängst zu moralisieren, lieber Freund, so könnten wir eben so gut wieder zurückgehen. Lieber gebe ich dir noch einen Kuß und laufe voran. – O fliehen Sie nicht so schnell Lucinde, die Moral wird Sie doch nicht einholen. Du wirst fallen, Liebe! – Ich habe dich nicht länger warten lassen wollen. Nun sind wir ja da. Und du bist auch eilig. – Und du sehr gehorsam. Aber jetzt ist nicht Zeit zu streiten. – Ruhig, ruhig! – Siehst du, hier kannst du weichlich ruhn und wie es recht ist. Nun wenn du diesmal nicht... so hast du gar keine Entschuldigung. – Wirst du nicht wenigstens erst den Vorhang niederlassen? – Du hast recht, die Beleuchtung wird so viel reizender. Wie schön glänzt diese weiße Hüfte in dem roten Schein!... Warum so kalt, Lucinde? – Lieber, setze die Hyacinthen weiter weg, der Geruch betäubt mich. – Wie fest und selbständig, wie glatt und fein! Das ist harmonische Ausbildung. – O nein, Julius! laß, ich bitte dich, ich will nicht. – Darf ich nicht fühlen, ob du glühst wie ich? O so laß mich doch die Schläge deines Herzens lauschen, die Lippen in dem Schnee des Busens kühlen!... Kannst du mich wegdrücken? Ich werde mich rächen. Umarme mich fester, Kuß gegen Kuß; nein! nicht mehre, einen ewigen. Nimm meine Seele ganz und gib mir deine!... O schönes herrliches Zugleich! Sind wir nicht Kinder? Sprich doch! wie konntest du nur erst so gleichgültig und kalt sein, und nachher wie du mich endlich fester an dich zogst, machtest du in demselben Augenblick ein Gesicht, als wenn dir etwas weh täte, als ob es dir leid wäre, daß du meine Glut erwidertest. Was ist dir? du weinst? Verbirg nicht dein Gesicht! Sieh mich an, Geliebte! – O laß mich hier an dich liegen, ich kann dir nicht in die Augen sehen. Es war recht schlecht von mir, Julius! Kannst du mir verzeihen, du liebenswürdiger Mann! Wirst du mich nicht verlassen? kannst du mich noch lieben? – Komm zu mir, mein süßes Weib! hier an meinem Herzen. Weißt du noch neulich, wie schön es war, wie du in meinen Armen weintest? wie leicht dir wurde? Aber sprich nun auch, was ist dir, Liebe? bist du böse auf mich? – Auf mich bin ich böse. Ich könnte mich schlagen... Dir freilich wäre ganz recht geschehen; und wenn Sie sich künftig wieder einmal ehemännlich betragen, mein Herr! so werde ich schon besser dafür sorgen, daß Sie mich auch wie eine Ehefrau finden sollen. Darauf kannst du dich verlassen. Ich muß lachen, wie es mich überrascht hat. Aber bilden Sie sich nur nicht ein, mein Herr, daß du so unmenschlich liebenswürdig bist. Diesmal war es eigner Wille, daß ich meinen Vorsatz brach. – Der erste und der letzte Wille ist immer der beste. Dafür, daß die Frauen meistens weniger sagen, als sie meinen, tun sie bisweilen mehr als sie wollen. Das ist nicht mehr als billig: der gute Wille verführt euch. Der gute Wille ist etwas sehr gutes, aber das ist schlimm an ihm, daß er immer da ist, auch wenn man ihn nicht will. – Das ist ein schöner Fehler. Aber ihr seid voll von bösem Willen und verstockt euch darin. – O nein! wenn wir verstockt scheinen, so ist's bloß weil wir nicht anders können und also nicht böse. Wir können nicht, weil wir nicht recht wollen; es ist also nicht böser Wille, sondern Mangel an Willen. Und an wem liegt da wieder die Schuld als an euch, daß ihr uns nicht mitteilen wollt von eurem Überfluß, und den guten Willen allein behalten wollt? Übrigens ist's ganz wider Willen geschehen, daß ich hier so in den Willen geraten bin, und ich weiß selbst nicht was wir damit wollen. Indessen ist's immer besser, wenn ich mein Mütchen an einigen Worten kühle, als wenn ich das schöne Porzellan zerschlüge. Bei dieser Gelegenheit habe ich mich doch von meinem ersten Erstaunen über Ihr unerwartetes Pathos, Ihre vortreffliche Rede und Ihren rühmlichen Vorsatz etwas erholen können. In der Tat ist dies einer der seltsamsten Streiche von denen, die Sie mir die Ehre verschafft haben kennen zu lernen; und so viel ich mich erinnern kann, haben Sie schon seit einigen Wochen bei Tage nicht in so gesetzten und vollen Perioden geredet, wie in Ihrer gegenwärtigen Predigt. Ist es Ihnen gefällig, Ihre Meinung in Prosa zu übersetzen? – Hast du den gestrigen Abend und die interessante Gesellschaft wirklich schon ganz vergessen? Freilich, das wußte ich nicht. – Also darüber bist du böse, weil ich zu viel mit Amalien gesprochen habe? – Sprechen Sie doch so viel Sie wollen und mit wem Sie wollen. Aber artig sollst du mir begegnen, das will ich haben. – Du sprachst so sehr laut, der Fremde stand gleich daneben, ich war ängstlich und wußte mir nicht anders zu helfen. – Als unartig zu sein, weil du ungeschickt warst? – Verzeih mir nur! Ich bekenne mich schuldig, du weißt wie verlegen ich mit dir in Gesellschaft bin. Es tut mir leid in Gegenwart der andern mit dir zu sprechen. – Wie schön weiß er sich heraus zu reden! – Laß mir so etwas nie hingehen, und sei recht aufmerksam und strenge. Aber sieh, was du nun getan hast! Ist es nicht Entweihung? O nein! es ist nicht möglich, es ist mehr als das. Gesteh mir's nur, es war Eifersucht. – Den ganzen Abend hattest du mich unfreundlich vergessen. Ich wollte dir heute früh alles schreiben, aber ich habe es wieder zerrissen. – Und da ich eben kam? – Verdroß mich deine gewaltige Eil. – Könntest du mich lieben, wenn ich nicht so brennbar und elektrisch wäre? bist du es nicht auch? hast du unsre erste Umarmung vergessen? In einem Augenblick ist die Liebe da, ganz und ewig, oder gar nicht. Alles Göttliche und alles Schöne ist schnell und leicht. Oder sammelt die Freude sich etwa so wie Geld und andere Materien durch ein konsequentes Betragen? Wie eine Musik aus der Luft, überrascht uns das hohe Glück, erscheint und verschwindet. – So bist du mir erschienen, du Teurer! Aber willst du mir verschwinden? Das sollst du nicht, ich sage es dir. – Ich will nicht. Ich will bei dir bleiben, überhaupt und auch jetzt. Höre ich habe große Lust einen langen Diskurs über die Eifersucht mit dir zu halten: aber eigentlich sollten wir erst die beleidigten Götter versöhnen. – Lieber erst den Diskurs, und hernach die Götter. – Du hast recht, wir sind noch nicht würdig, und du fühlst es lange nach, wann du gestört und verstimmt wurdest. Wie schön ist es daß du so empfindlich bist! – Ich bin nicht empfindlicher wie du, nur anders. – Nun so sage mir: ich bin nicht eifersüchtig; wie kommts, daß du eifersüchtig bist? – Bin ich's denn ohne Ursache? Antworten Sie mir! – Ich weiß ja nicht was du meinst. – Nun eifersüchtig bin ich eigentlich nicht; aber sage mir, was ihr den ganzen Abend zusammen gesprochen habt? – Auf Amalien also? ist das möglich? So eine Kinderei! Von gar nichts habe ich mit ihr gesprochen, und darum war es amüsant. Und habe ich nicht eben so lange mit Antonio gesprochen, den ich doch eine Zeit her fast alle Tage sah? – Ich soll also wohl glauben, du sprichst mit der koketten Amalia wie mit dem stillen ernsthaften Antonio? Nicht wahr, es ist nichts wie klare reine Freundschaft? – O nein, das sollst du nicht glauben, und mußt es auch nicht glauben; so ist es gar nicht. Wie kannst du mir eine solche Albernheit zutraun? denn etwas recht Albernes ist es, wenn so zwei Personen von verschiedenem Geschlecht sich ein Verhältnis ausbilden und einbilden, wie reine Freundschaft. Mit Amalien ist es gar nichts, als daß ich sie zum Scherz liebe. Ich möchte sie gar nicht, wenn sie nicht ein wenig kokett wäre. Gäbe es nur mehr solche in unserm Zirkel! eigentlich muß man alle Frauen im Scherze lieben. – Julius! ich glaube du wirst ganz närrisch. – Nun versteh mich wohl; nicht eigentlich alle, sondern nur alle, die liebenswürdig sind und die einem eben vorkommen. – Das ist also weiter nichts als was die Franzosen Galanterie und Kokett nennen. – Weiter nichts, außer daß ich's mir schön und witzig denke. Und dann müssen die Menschen wissen, was sie tun und was sie wollen, und das ist selten der Fall. Der feine Scherz verwandelt sich in ihren Händen gleich wieder in groben Ernst. – Dieses im Scherz lieben ist nur gar nicht scherzhaft zuzusehen. – Daran ist der Scherz unschuldig; das ist nichts wie die fatale Eifersucht. Verzeih mir, Liebe! ich will nicht auffahren, aber ich begreife durchaus nicht wie man eifersüchtig sein kann: denn Beleidigungen finden ja nicht statt unter Liebenden, so wenig wie Wohltaten. Also muß es Unsicherheit sein, Mangel an Liebe und Untreue gegen sich selbst. Für mich ist das Glück gewiß und die Liebe Eins mit der Treue. Freilich wie die Menschen so lieben, ist es etwas anders. Da liebt der Mann in der Frau nur die Gattung, die Frau im Mann nur den Grad seiner natürlichen Qualitäten und seiner bürgerlichen Existenz, und beide in den Kindern nur ihr Machwerk und ihr Eigentum. Da ist die Treue ein Verdienst und eine Tugend; und da ist auch die Eifersucht an ihrer Stelle. Denn darin fühlen sie ungemein richtig, daß sie stillschweigend glauben, es gäbe ihres gleichen viele, und einer sei als Mensch ungefähr so viel wert wie der andre, und alle zusammen nicht eben sonderlich viel. – Du hältst also die Eifersucht für nichts anders als leere Rohheit und Unbildung. – Ja oder für Mißbildung und Verkehrtheit, was eben so arg, oder noch ärger ist. Nach jenem System ist es noch das beste, wenn man mit Absicht aus bloßer Gefälligkeit und Höflichkeit heiratet; und gewiß muß es für solche Subjekte eben so bequem als unterhaltend sein, im Verhältnis der Wechselverachtung neben einander weg zu leben. Besonders die Frauen können eine ordentliche Passion für die Ehe bekommen; und wenn eine solche erst Geschmack daran findet, so geschieht es leicht, daß sie ein halbes Dutzend nach einander heiratet, geistig oder leiblich; wo es denn nie an Gelegenheit gebricht, mit Abwechselung delikat zu sein und viel von der Freundschaft zu reden. –

Du hast schon vorhin so gesprochen als hieltest du uns zur Freundschaft unfähig. Ist das wirklich deine Meinung? – Ja! aber die Unfähigkeit, glaube ich, liegt mehr in der Freundschaft als in euch. Ihr liebt alles was ihr liebt ganz, wie den Geliebten und das Kind. Diesen Charakter würde selbst ein schwesterliches Verhältnis bei euch annehmen. – Darin hast du recht. – Die Freundschaft ist für euch zu vielseitig und einseitig. Sie muß ganz geistig sein und durchaus bestimmte Grenzen haben. Diese Absonderung würde euer Wesen nur auf eine feinere Art eben so vollkommen zerstören wie bloße Sinnlichkeit ohne Liebe. Für die Gesellschaft aber ist sie zu ernst, zu tief und zu heilig. – Können denn Menschen nicht miteinander reden, ohne danach zu fragen, ob sie Männer oder Frauen sind? – Das dürfte sehr ernsthaft ausfallen. Aufs höchste möchte es einen interessanten Klub geben. Du verstehst was ich meine. Es wäre schon viel, wenn man da frei und witzig reden dürfte, und weder zu wild noch zu steif wäre. Das Feinste und das Beste würde immer fehlen, was überall, wo sich ein bißchen gute Gesellschaft zeigt, Geist und Seele davon ist. Und das ist der Scherz mit der Liebe und die Liebe zum Scherz, der ohne den Sinn für jenen zum Spaß herabsinkt. Aus diesem Grunde nehme ich auch die Zweideutigkeiten in Schutz. – Tust du das im Scherz oder zum Spaß? – Nein, nein! ich tue es im vollen Ernst. – Aber doch nicht so ernsthaft und so feierlich wie Pauline und ihr Liebhaber? – Gott behüte! ich glaube, die ließen die Betglocken anziehen, wenn sie sich umarmen, falls es nur schicklich wäre. O! es ist wahr, meine Freundin, der Mensch ist von Natur eine ernsthafte Bestie. Man muß diesem schändlichen und leidigen Hange aus allen Kräften und von allen Seiten entgegenarbeiten. Dazu sind die Zweideutigkeiten auch gut, nur sind sie so selten zweideutig, und wenn sie es nicht sind und nur einen Sinn zulassen, das ist eben nicht unsittlich, aber zudringlich und platt. Leichtfertige Gespräche müssen geistig und zierlich und bescheiden sein, so viel als möglich; übrigens aber ruchlos genug. – Das ist gut, aber was sollen sie gerade in der Gesellschaft? – Sie sollen das Gespräch frisch erhalten, wie das Salz an den Speisen. Es fragt sich gar nicht, warum man sie sagen soll, sondern nur wie man sie sagen soll. Denn lassen kann und darf man's doch nicht. Es wäre ja grob mit einem reizenden Mädchen so zu reden, als ob sie ein geschlechtsloses Amphibion wäre. Es ist Pflicht und Schuldigkeit immer auf das anzuspielen, was sie ist und sein wird; und so unzart, steif und schuldig, wie die Gesellschaft einmal besteht, ist es wirklich eine komische Situation, ein unschuldiges Mädchen zu sein. – Das erinnert mich an den berühmten Buffo der selbst oft sehr traurig war, während er alle zu lachen machte. – Die Gesellschaft ist ein Chaos, das nur durch Witz zu bilden und in Harmonie zu bringen ist; und wenn man nicht scherzt und tändelt mit den Elementen der Leidenschaft, so ballt sie sich in dicke Massen und verfinstert alles. – So mögen hier wohl Leidenschaften in der Luft sein: denn es ist beinah finster. – Gewiß haben Sie Ihre Augen zugeschlossen, Dame meines Herzens! Sonst würde eine allgemeine Klarheit unfehlbar das Zimmer durchstrahlen. – Wer ist wohl leidenschaftlicher, Julius! ich oder du? – Wir sind's beide genug. Ohne das möchte ich nicht leben. Und sieh! darum könnte ich mich mit der Eifersucht aussöhnen. Es ist alles in der Liebe: Freundschaft, schöner Umgang, Sinnlichkeit und auch Leidenschaft; und es muß alles darin sein, und eins das andre verstärken und lindern, beleben und erhöhen. – Laß dich umarmen, du Treuer! – Aber nur unter einer Bedingung kann ich dir die Eifersucht erlauben. Ich habe oft gefühlt, daß eine kleine Dosis von gebildetem, verfeinertem Zorn einen Mann nicht übel kleidet. Vielleicht ist's dir so mit der Eifersucht. – Getroffen! und also brauche ich sie nicht ganz abzuschwören. – Wenn sie sich nur immer so schön und so witzig äußerte wie heute bei dir! – Findest du das? Nun wenn du das nächstemal schön und witzig auffährst, werde ich dir's auch sagen und dich loben. – Sind wir nun nicht würdig, die beleidigten Götter zu versöhnen? – Ja, wenn dein Diskurs ganz zu Ende ist, sonst sage noch das übrige. –

Lehrjahre der Männlichkeit

Pharao zu spielen mit dem Anscheine der heftigsten Leidenschaft und doch zerstreut und abwesend zu sein; in einem Augenblick von Hitze alles zu wagen und sobald es verloren war, sich gleichgültig wegzuwenden: das war nur eine von den schlimmen Gewohnheiten, unter denen Julius seine wilde Jugend verstürmte. Diese eine ist genug, den Geist eines Lebens zu schildern, welches in der Fülle der empörten Kräfte selbst den unvermeidlichen Keim eines frühen Verderbens enthielt. Eine Liebe ohne Gegenstand brannte in ihm und zerrüttete sein Innres. Bei dem geringsten Anlaß brachen die Flammen der Leidenschaft aus; aber bald schien diese aus Stolz oder aus Eigensinn ihren Gegenstand selbst zu verschmähen, und wandte sich mit verdoppeltem Grimme zurück in sich und auf ihn, um da am Mark des Herzens zu zehren. Sein Geist war in einer beständigen Gärung; er erwartete in jedem Augenblick, es müsse ihm etwas Außerordentliches begegnen. Nichts würde ihn befremdet haben, am wenigsten sein eigner Untergang. Ohne Geschäft und ohne Zweck trieb er sich umher unter den Dingen und unter den Menschen wie einer, der mit Angst etwas sucht, woran sein ganzes Glück hängt. Alles konnte ihn reizen, nichts mochte ihm genügen. Daher kam es, daß ihm eine Ausschweifung nur so lange interessant war, bis er sie versucht hatte und näher kannte. Keine Art derselben konnte ihm ausschließend zur Gewohnheit werden: denn er hatte eben so viel Verachtung als Leichtsinn. Er konnte mit Besonnenheit schwelgen und sich in den Genuß gleichsam vertiefen. Aber weder hier noch in den mancherlei Liebhabereien und Studien, auf die sich oft sein jugendlicher Enthusiasmus mit einer gefräßigen Wißbegier warf, fand er das hohe Glück, das sein Herz mit Ungestüm foderte. Spuren davon zeigten sich überall, täuschten und erbitterten seine Heftigkeit. Am meisten Reiz hatte der Umgang aller Art für ihn und so oft er auch sogar sie überdrüssig ward, waren es doch die gesellschaftlichen Zerstreuungen, zu denen er endlich immer wieder zurückkehrte. Die Frauen kannte er eigentlich gar nicht, ungeachtet er schon früh gewohnt war, mit ihnen zu sein. Sie erschienen ihm wunderbar fremd, oft ganz unbegreiflich und kaum wie Wesen seiner Gattung. Junge Männer aber, die ihm einigermaßen glichen, umfaßte er mit heißer Liebe und mit einer wahren Wut von Freundschaft. Doch war das allein für ihn noch nicht das rechte. Es war ihm, als wolle er eine Welt umarmen und könne nichts greifen. Und so verwilderte er denn immer mehr und mehr aus unbefriedigter Sehnsucht, ward sinnlich aus Verzweiflung am Geistigen, beging unkluge Handlungen aus Trotz gegen das Schicksal und war wirklich mit einer Art von Treuherzigkeit unsittlich. Er sah wohl den Abgrund vor sich, aber er hielt es nicht der Mühe wert, seinen Lauf zu mäßigen. Er wollte lieber gleich einem wilden Jäger den jähen Abhang rasch und mutig durchs Leben hinunterstürmen, als sich mit Vorsicht langsam quälen.

Bei diesem Charakter mußte er oft in der geselligsten und fröhlichsten Gesellschaft einsam sein, und er fand sich eigentlich am wenigsten allein, wenn niemand bei ihm war. Dann berauschte er sich in Bildern der Hoffnung und Erinnerung und ließ sich absichtlich von seiner eignen Fantasie verführen. Jeder seiner Wünsche stieg mit unermeßlicher Schnelligkeit und fast ohne Zwischenraum von der ersten leisen Regung zur grenzenlosen Leidenschaft. Alle seine Gedanken nahmen sichtbare Gestalt und Bewegung an und wirkten in ihm und wider einander mit der sinnlichsten Klarheit und Gewalt. Sein Geist strebte nicht die Zügel der Selbstherrschaft fest zu halten, sondern warf sie freiwillig weg, um sich mit Lust und mit Übermut in dies Chaos von innerm Leben zu stürzen. Er hatte weniges erlebt und war doch voll Erinnerungen, auch aus früher Jugend: denn ein sonderbarer Augenblick von leidenschaftlicher Stimmung, ein Gespräch, ein Geschwätz aus der Tiefe des Herzens blieb ihm ewig teuer und deutlich, und noch nach Jahren wußte er's genau, als wäre es gegenwärtig. Aber alles was er liebte und mit Liebe dachte, war abgerissen und einzeln. Sein ganzes Dasein war in seiner Fantasie eine Masse von Bruchstücken ohne Zusammenhang; jedes für sich Eins und Alles, und das andre was in der Wirklichkeit daneben stand und damit verbunden war, für ihn gleichgültig und so gut wie gar nicht vorhanden.

Noch war er nicht ganz verdorben als im Schoß der einsamen Wünsche ein heiliges Bild der Unschuld in seine Seele blitzte. Ein Strahl von Verlangen und Erinnerung traf und entzündete sie und dieser gefährliche Traum war entscheidend für sein ganzes Leben.

Er gedachte an ein edles Mädchen, mit dem er in ruhigen glücklichen Zeiten der frischen Jugend aus reiner kindlicher Zuneigung freundlich und fröhlich getändelt hatte. Da er der erste war, welcher sie durch sein Interesse an ihr reizte, so wandte auch das liebliche Kind ihre junge Seele nach ihm hin, wie sich die Blume zum Licht der Sonne neigt. Daß sie kaum reif und noch an der Grenze der Kindheit war, reizte sein Verlangen nur um so unwiderstehlicher. Sie zu besitzen, schien ihm das höchste Gut; er war entschlossen alles zu wagen und glaubte nicht ohne das leben zu können. Dabei verabscheute er die entfernteste Erinnerung an bürgerliche Verhältnisse, wie jede Art von Zwang.

Er eilte zurück in ihre Nähe und fand sie ausgebildeter, aber noch eben so edel und eigen, so sinnig und stolz wie ehedem. Was ihn noch mehr reizte als ihre Liebenswürdigkeit, waren die Spuren von tiefem Gefühl. Sie schien nur fröhlich und leichtfertig durchs Leben zu schwärmen wie über eine blumenreiche Ebne, und verriet doch seinem aufmerksamen Auge die entschiedenste Anlage zu einer grenzenlosen Leidenschaftlichkeit. Ihre Neigung, ihre Unschuld und ihr verschwiegenes und verschlossenes Wesen boten ihm leicht Mittel dar, sie allein zu sehen, und die Gefahr, die damit verbunden war, erhöhte den Reiz des Unternehmens. Aber mit Verdruß mußte er sich's gestehen, daß er seinem Ziele nicht näher kam und schalt sich zu ungeschickt, ein Kind zu verführen. Willig überließ sie sich einigen Liebkosungen und erwiderte sie mit schüchterner Lüsternheit. Sobald er aber diese Grenzen zu überschreiten versuchte, widersetzte sie sich, ohne beleidigt zu scheinen, mit unerbittlichem Eigensinn; vielleicht mehr aus Glauben an ein fremdes Gebot als aus eignem Gefühl von dem, was allenfalls erlaubt sei und von dem, was durchaus nicht.

Indessen wurde er nicht müde zu hoffen und zu beobachten. Einst überraschte er sie, als sie es am wenigsten erwartete. Sie war schon lange allein gewesen und mochte sich ihrer Fantasie und einer unbestimmten Sehnsucht mehr als gewöhnlich überlassen haben. Da er dies gewahr ward, wollte er den Augenblick, der vielleicht nie wieder käme, nicht verscherzen und geriet durch die plötzliche Hoffnung selbst in einen Taumel von Begeisterung. Ein Strom von Bitten, von Schmeicheleien und von Sophismen floß von seinen Lippen. Er bedeckte sie mit Liebkosungen und er geriet außer sich vor Entzücken, da das liebenswürdige Köpfchen endlich an seine Brust sank, wie sich die zu volle Blume an ihrem Stengel senket. Ohne Zurückhaltung schmiegte sich die schlanke Gestalt um ihn, die seidnen Locken der goldnen Haare flossen über seine Hand, mit zärtlicher Sehnsucht öffnete sich die Knospe des schönen Mundes, und aus den frommen dunkelblauen Augen strahlte und schmachtete ein ungewohntes Feuer. Sie setzte den kühnsten Liebkosungen nur noch schwachen Widerstand entgegen. Bald hörte auch dieser auf, sie ließ plötzlich ihre Arme sinken, und alles war ihm hingegeben, der zarte jungfräuliche Leib und die Früchte des jungen Busens. Aber in demselben Augenblick brach ein Strom von Tränen aus ihren Augen, und die bitterste Verzweiflung entstellte ihr Gesicht. Julius erschrak heftig; nicht sowohl über die Tränen, aber er kam nun mit einem Male zur vollen Besinnung. Er dachte an alles was vorhergegangen war, und was nun folgen würde; an das Opfer vor ihm und an das arme Schicksal der

Menschen. Da überlief ihn ein kalter Schauder, ein leiser Seufzer stahl sich aus tiefer Brust über seine Lippen. Er verschmähte sich selbst von der Höhe seines eignen Gefühls, und vergaß die Gegenwart und seine Absicht in Gedanken von allgemeiner Sympathie.

Der Augenblick war versäumt. Er suchte nur das gute Kind zu trösten und zu besänftigen, und eilte mit Abscheu von dem Orte hinweg, wo er den Blütenkranz der Unschuld mutwillig hatte zerreißen wollen. Er wußte wohl, daß mancher seiner Freunde, der noch weniger an weibliche Tugend glaubte wie er, sein Benehmen ungeschickt und lächerlich finden würde. Er war beinah selbst dieser Meinung, da er wieder mit Kälte zu überlegen anfing. Indessen hielt er seine Dummheit doch für ausgezeichnet und interessant. Er glaubte, es sei notwendig, daß edle Naturen in gemeinen Verhältnissen und in den Augen der Menge einfältig oder rasend erscheinen müßten. Da bei dem nächsten Wiedersehn, wie er schlau bemerkte oder sich einbildete, das Mädchen eher unzufrieden schien, daß es nicht ganz verführt sei, bestätigte er sich in seinem Mißtrauen und geriet in eine große Erbitterung. Es wandelte ihn beinah eine Art von Verachtung an, zu der er doch so wenig berechtigt war. Er floh, zog sich wieder in die alte Einsamkeit zurück und verzehrte sich in seiner eignen Sehnsucht.

So lebte er von neuem eine Zeit auf die alte Weise in einem Wechsel von Schwermut und Ausgelassenheit. Der einzige Freund, der Kraft und Ernst genug hatte, ihn trösten und beschäftigen zu können und auf dem Wege zum Verderben einzuhalten, war weit entfernt, und seine Sehnsucht also auch von dieser Seite unbefriedigt. Heftig streckte er einst die Arme nach ihm aus, als müsse er nun endlich da sein, und trostlos ließ er sie wieder sinken, nachdem er lange vergeblich gewartet. Er vergoß keine Träne, aber sein Geist fiel in eine Agonie von hoffnungsloser Wehmut, aus der er sich nur zu neuen Torheiten ermannte.

Er freute sich laut, da er im Glanz der prachtvollen Morgensonne auf die Stadt zurücksah, die er schon als Kind geliebt und wo er nur noch eben so ganz lebte, und die er nun auf immer zu verlassen hoffte. Er atmete schon das frische Leben der neuen Heimat, die ihn in der Fremde erwarten sollte, und deren Bilder er schon mit Heftigkeit liebte.

Er fand bald einen andern reizenden Wohnort, wo ihn zwar nichts fesselte, aber doch vieles anzog. Alle seine Kräfte und Neigungen wurden rege durch die neuen Gegenstände; ohne Zweck und Maß in seinem Innern, nahm er teil an allem Äußern, was nur irgend merkwürdig war, und ließ sich überall ein.

Da er auch in diesem Geräusch bald Leerheit und Überdruß empfand, so kehrte er oft zurück zu seinen einsamen Träumen und wiederholte das alte Gewebe seiner unbefriedigten Wünsche. Eine Träne entfiel ihm über sich selbst, da er einst im Spiegel sah, wie trübe und stechend das Feuer der unterdrückten Liebe aus seinem dunkeln Auge brannte und wie sich unter der wilden schwarzen Locke leise Furchen in die kämpfende Stirn gruben, und wie die Wange so bleich war. Er seufzte über seine ungenutzte Jugend; sein Geist empörte sich und wählte unter den schönen Frauen seiner Bekanntschaft die, welche am freisten lebte und am meisten in der guten Gesellschaft glänzte. Er nahm sich vor, nach ihrer Liebe zu streben und er erlaubte seinem Herzen, sich ganz zu überfüllen mit diesem Gegenstande. Was so wild und willkürlich begonnen wurde, konnte nicht gesund endigen, und die Dame, welche eben so eitel als schön war, mußte es sonderbar und mehr als sonderbar finden, wie Julius sie mit der ernsthaftesten Aufmerksamkeit förmlich zu umgeben und zu belagern anfing und dabei bald so dreist und zuversichtlich war wie ein alter Besitzer, bald so schüchtern und fremd wie ein völlig Unbekannter. Da er sich so seltsam zeigte, hätte er bei weitem reicher sein müssen, als er war, um solche Ansprüche haben zu dürfen. Sie hatte ein leichtes, munteres Wesen und ihm schien sie artig zu reden. Aber was er an der Geliebten für göttlichen Leichtsinn nahm, war nichts als ein gedankenloses Schwärmen ohne eigentliche Freude und Fröhlichkeit, und auch ohne Geist, ausgenommen so viel Verstand und Schlauigkeit, als es braucht, um alles absichtlich und zwecklos zu verwirren, die Männer zu locken und zu lenken und sich selbst in Schmeicheleien zu berauschen. Zu seinem Unglücke erhielt er einige Zeichen von Gunst; von der Art, welche die Geberin nicht binden, weil sie sich nie dazu bekennen darf und welche den gefangenen Neuling durch den Zauber der

Heimlichkeit noch unauflöslicher fesseln. Ihn konnte schon ein verstohlner Blick und Händedruck ganz bezaubern, oder ein Wort, was vor allen gesagt in seiner eigentlichen Beziehung und Anspielung nur ihm verständlich war, wenn die einfache und wohlfeile Gabe nur durch den Schein einer eignen sonderbaren Bedeutsamkeit gewürzt wurde. Sie gab ihm, wie er glaubte, ein noch deutlicheres Zeichen und es beleidigte ihn tief, daß sie ihn so wenig verstehe, daß sie ihm so sehr zuvorkomme. Er war nicht wenig stolz darauf, daß ihn das beleidigte und doch reizte es ihn unwiderstehlich, wenn er dachte, er dürfe nur schnell sein und die günstige Gelegenheit ergreifen, um ohne Hindernis ans Ziel zu gelangen. Er machte sich schon bittre Vorwürfe über seine Langsamkeit, als er plötzlich Verdacht schöpfte, ihr Zuvorkommen sei nur Täuschung, sie meine es auch mit ihm nicht ehrlich; und da ein Freund ihn vollends aufklärte, konnte ihm kein Zweifel bleiben. Er sah, daß man ihn lächerlich finde und mußte sich gestehn, daß es ganz in der Ordnung sei. Darüber geriet er etwas in Wut und hätte leicht Unheil begonnen, wenn er diese leeren Menschen, ihre kleinen Verhältnisse und Mißverständnisse und das ganze Spiel geheimer Absichten und Rücksichten nicht genau beobachtet und also gründlich verachtet hätte. Auch wurde er wieder ungewiß und da sein Argwohn nun keine Grenzen mehr kannte, so war er gegen sein eignes Mißtrauen mißtrauisch. Bald sah er den Grund des Übels nur in seinem Eigensinne und übertriebnem Zartgefühl und faßte dann neue Hoffnung und neues Zutrauen; bald sah er in allem Unglück, was ihn in der Tat absichtlich zu verfolgen schien, nur das künstliche Werk ihrer Rache. Alles schwankte, nur das ward ihm immer klarer und fester, daß vollendete Narrheit und Dummheit im Großen das eigentliche Vorrecht der Männer sei, mutwillige Bosheit hingegen mit naiver Kälte und lachender Gefühllosigkeit eine angeborne Kunst der Frauen. Das war alles, was er lernte durch sein angestrengtes Bestreben nach Menschenkenntnis. Im einzelnen verfehlte er immer auf eine scharfsinnige Art das Rechte, weil er überall künstliche Absichten voraussetzte und tiefen Zusammenhang, und gar keinen Sinn hatte für das Unbedeutende. Dabei wuchs seine Leidenschaft zum Spiel, dessen zufällige Verwickelungen, Sonderbarkeiten und Glücksfälle ihn auf eben die Art interessierten, wie wenn er in höhern Verhältnissen mit seinen Leidenschaften und ihren Gegenständen aus reiner Willkür ein hohes Spiel wagte oder zu wagen glaubte.

So verwirrte er sich immer tiefer in die Intrigen einer schlechten Gesellschaft und was ihm noch übrig blieb von Zeit und Kraft in dem Wirbel der Zerstreuungen, wandte er auf ein Mädchen, die er so sehr als möglich allein zu besitzen strebte, obgleich er sie unter denen gefunden hatte, die beinah öffentlich sind. Was sie ihm so interessant machte, war nicht allein das weshalb sie allgemein gesucht und gleichsam berühmt war, ihre seltne Gewandtheit und unerschöpfliche Mannichfaltigkeit in allen verführerischen Künsten der Sinnlichkeit. Ihr naiver Witz überraschte ihn mehr und reizte ihn am meisten, wie die hellen Funken von rohem tüchtigem Verstand, vorzüglich aber ihre entschiedne Manier und ihr konsequentes Betragen. Mitten im Stande der äußersten Verderbtheit zeigte sie eine Art von Charakter; sie war voll von Eigenheiten und ihr Egoismus nicht im gemeinen Stil. Nächst der Unabhängigkeit liebte sie nichts so unmäßig wie das Geld, aber sie wußte es zu brauchen. Dabei war sie billig gegen jeden, der nicht sehr reich war und selbst gegen die andern treuherzig in ihrer Habsucht und ohne Ränke. Sie schien ganz sorgenlos nur in der Gegenwart zu leben und war doch immer auf die Zukunft bedacht. Sie sparte im Kleinen um nach ihrer Art im Großen zu verschwenden und im Überflüssigen das Beste zu haben. Ihr Boudoir war einfach und ohne alle gewöhnlichen Meublen, nur von allen Seiten große, kostbare Spiegel und wo noch Raum übrig blieb, einige gute Kopien von den wollüstigen Gemälden des Correggio und Tizian, desgleichen einige schöne Originale von frischen, vollen Blumen- und Fruchtstücken; statt der Lambris die lebendigsten und fröhlichsten Darstellungen in Basrelief aus Gips nach der Antike; statt der Stühle echte orientalische Teppiche und einige Gruppen aus Marmor in halber Lebensgröße: ein gieriger Faun, der eine Nymphe, die im Fliehen schon gefallen ist, eben völlig überwinden wird; eine Venus, die mit aufgehobenem Gewande lächelnd über den wollüstigen Rücken auf die Hüften schaut und andre ähnliche Darstellungen. Hier saß sie oft auf türkische Sitte Tage lang allein und die Hände müßig im Schoß, denn sie verabscheute alle weiblichen Arbeiten. Sie erfrischte sich nur von Zeit zu Zeit mit Wohlgerüchen und ließ sich dabei von ihrem Jockey, einem bildschönen Knaben, den sie sich in seinem vierzehnten Jahre eigens verführt hatte, Geschichten, Reisebeschreibungen und Märchen vorlesen. Sie gab wenig darauf acht, außer wenn etwas Lächerliches vorkam, oder eine allgemeine Bemerkung, die sie auch wahr fand. Denn sie achtete nichts und hatte Sinn für nichts als für Realität und fand alle Poesie lächerlich. Sie war einmal Schauspielerin gewesen, aber nur kurze Zeit und sie machte sich gern lustig über ihr Ungeschick dazu und über die Langeweile, die sie dabei ausgestanden. Es war eine von ihren vielen Eigenheiten, daß sie bei solchen Gelegenheiten in der dritten Person von sich sprach. Auch wenn sie erzählte, nannte sie sich nur Lisette, und sagte oft, wenn sie schreiben könnte, wollte sie ihre eigne Geschichte schreiben, aber so als ob es ein andrer wäre. Für Musik hatte sie gar kein Gefühl, für die bildenden Künste aber so viel daß Julius oft mit ihr über seine Arbeiten und Ideen sprach, und die Skizzen für die besten hielt, die er unter ihren Augen und bei ihrem Gespräch entworfen hatte. Doch schätzte sie an Statuen und an Zeichnungen nur die lebendige Kraft, und an Gemälden nur den Zauber der Farben, die Wahrheit des Fleisches und allenfalls die Täuschung des Lichtes. Sprach ihr jemand von Regeln, vom Ideal und von der sogenannten Zeichnung, so lachte sie oder hörte nicht zu. Selbst etwas zu versuchen, so viele bereitwillige Lehrer sich auch anboten, war sie viel zu träge und verwöhnt und befand sich zu wohl bei ihrer Lebensart. Auch traute sie allen Schmeicheleien nicht und blieb fest überzeugt, sie würde es mit aller Not und Arbeit in der Kunst zu nichts Ordentlichem bringen. Lobte man ihren Geschmack und ihr Zimmer, in welches sie nur selten auserwählte Lieblinge führte, so rühmte sie dagegen auf eine komische Weise zuerst das gute alte Schicksal, die schlaue Lisette und dann die Engländer und Holländer als die besten Nationen unter allen, die sie kenne; weil die volle Kasse einiger Neulinge von dieser Sorte zuerst einen guten Grund zu ihrer reichlichen Einrichtung gelegt hatte. Überhaupt freute sie sich sehr damit, wenn sie jemanden, der dumm war, übervorteilt hatte: aber sie tat es auf eine drollige, fast kindische Art, mit Witz und mehr aus Übermut als aus Rohheit. Ihre ganze Klugheit wandte sie darauf, sich der Zudringlichkeit und Unart der Männer zu erwehren, und es gelang ihr so sehr, daß die rohen, wüsten Menschen mit einer innigen Achtung von ihr sprachen, die dem, welcher sie nicht kannte und nur von ihrem Gewerbe wußte, sehr komisch dünkte. Das war es auch, was den neugierigen Julius zuerst reizte, eine so sonderbare Bekanntschaft zu suchen und er fand bald noch mehr Ursach zu erstaunen. Bei den gewöhnlichen Männern litt und tat sie, was sie schuldig zu sein glaubte; genau, mit Geschicklichkeit und mit Kunstsinn, aber ganz kalt. Gefiel ihr ein Mann, führte sie ihn gar in ihr heiliges Cabinet; so schien sie eine ganz neue Person zu werden. Sie geriet dann in eine schöne bacchantische Wut; wild, ausschweifend und unersättlich vergaß sie beinah der Kunst und verfiel in eine hinreißende Anbetung der Männlichkeit. Darum liebte sie Julius, und auch weil sie ihm so ganz ergeben schien, ungeachtet sie davon nicht viele Worte machte. Sie merkte bald, ob jemand Verstand habe, und wo sie den zu finden glaubte, ward sie offen und herzlich, und ließ sich dann gern von ihrem Freunde erzählen, was er von der Welt wußte. Mancher hatte sie belehrt, keiner aber hatte ihr innerstes Wesen so verstanden, so fein geschont und ihren eigentlichen Wert so geachtet wie Julius. Darum hing sie auch mehr an ihm als sich sagen läßt. Sie erinnerte sich vielleicht zum erstenmal mit Rührung an ihre erste Jugend und Unschuld und gefiel sich nicht in der Umgebung, mit der sie sonst ganz zufrieden war. Julius fühlte das und freute sich damit, aber er konnte nie über die Geringschätzung Herr werden, die ihm ihr Stand und ihr Verderben einflößte, und sein unauslöschliches Mißtrauen schien ihm hier gerecht zu sein. Wie entrüstet war er daher, als sie ihm einst unerwarteter Weise die Ehre der Vaterschaft ankündigte. Und er wußte es doch, daß sie trotz ihres Versprechens noch vor Kurzem Besuche von einem andern angenommen hatte. Das Versprechen konnte sie ihm nicht abschlagen. Sie selbst hätte es wahrscheinlich gern gehalten, aber sie brauchte mehr als er geben konnte; sie wußte nur eine Art, Geld zu erwerben, und aus einer Delikatesse, die sie einzig für ihn hatte, nahm sie nur das wenigste von dem, was er geben wollte. Alles das bedachte der aufgebrachte Jüngling nicht, er hielt sich für betrogen, er sagte es ihr mit harten Worten und verließ sie in dem leidenschaftlichsten Zustande, wie er glaubte, auf immer. Nicht lange nachher suchte ihn der Knabe mit

Tränen und Klagen und ließ nicht ab, bis er mit ihm ging. Er fand sie fast entkleidet in dem schon dunkeln Cabinet, er sank in die geliebten Arme, mit denen sie ihn so heftig an sich riß wie sonst, aber sie sanken sogleich an ihm nieder. Er hörte einen tiefen stöhnenden Seufzer, es war der letzte; und da er sich ansah, war er mit Blut bedeckt. Voll Entsetzen sprang er auf und wollte fliehen. Er verweilte nur, um eine große Locke zu ergreifen, die neben dem gefärbten Messer auf dem Boden lag. Sie hatte dieselbe in einem Anfalle von begeisterter Verzweiflung kurz zuvor, ehe sie sich die vielen Wunden gab, von denen die meisten tödlich waren, abgeschnitten. Wahrscheinlich mit dem Gedanken, sich dadurch dem Tode und dem Verderben als Opfer zu weihen. Denn nach der Aussage des Knaben sprach sie dabei mit lauter Stimme die Worte: „Lisette soll zu Grunde gehen, zu Grunde jetzt gleich: so will es das Schicksal, das eiserne.“

Der Eindruck, den diese überraschende Tragödie auf den reizbaren Jüngling machte, war unauslöschlich, und brannte durch seine eigne Kraft immer tiefer. Die erste Folge von Lisettes Ruin war, daß er ihr Andenken mit schwärmerischer Achtung vergötterte. Er verglich ihre hohe Energie mit den nichtswürdigen Intrigen der Dame, die ihn verstrickt hatte, und sein Gefühl mußte laut entscheiden, daß jene sittlicher und weiblicher sei: denn diese Kokette gab nie eine kleine oder große Gunst ohne Nebenabsicht; und doch ward sie von aller Welt geachtet und bewundert, wie so viele andre, die ihr gleichen. Darüber widersetzte sich sein

Verstand mit Heftigkeit allen falschen und allen wahren Meinungen, die man über die weibliche Tugend hat. Es ward Grundsatz bei ihm, die gesellschaftlichen Vorurteile, welche er bisher nur vernachlässigte, nun ausdrücklich zu verachten. Er gedachte an die zarte Louise, die beinah ein Raub seiner Verführung geworden wäre und er erschrak. Denn auch Lisette war von guter Familie, früh gefallen, entführt und in der Fremde verlassen, zu stolz gewesen umzukehren, und durch die erste Erfahrung so belehrt wie andre nicht durch die letzte. Mit schmerzlichem Vergnügen sammelte er manchen interessanten Zug von ihrer frühen Jugend. Sie war damals mehr schwermütig als leichtsinnig, aber in der Tiefe ganz Flamme und schon als kleines Mädchen traf man sie bei Gemälden von nackten Gestalten oder bei andern Gelegenheiten in sonderbaren Äußerungen der heftigsten Sinnlichkeit.

Diese Ausnahme von dem, was Julius für gewöhnlich hielt beim weiblichen Geschlecht, war zu einzig und die Umgebung, in der er sie fand, zu unrein, als daß er dadurch zu einer wahren Ansicht hätte gelangen können. Vielmehr trieb ihn sein Gefühl, sich fast ganz von den Frauen und von den Gesellschaften, wo sie den Ton angeben, zurück zu ziehen. Er fürchtete seine Leidenschaftlichkeit und warf seinen ganzen Sinn auf die Freundschaft mit Jünglingen, die wie er der Begeisterung fähig waren. Diesen ergab er sein Herz, nur sie waren für ihn wahrhaft wirklich, die übrige Menge gemeiner Schattenwesen freute er sich zu verachten. Mit Leidenschaft und mit Spitzfindigkeit stritt er innerlich und grübelte über seine Freunde, über ihre verschiedenen Vorzüge und Verhältnisse zu ihm. Er erhitzte sich in seinen eigenen Gedanken und Gesprächen und war berauscht von Stolz und von Männlichkeit. Auch glühten sie alle von edler Liebe, unentwickelt schlummerte hier manche große Kraft, und sie sagten nicht selten in rohen aber treffenden Worten erhabene Dinge über die Wunder der Kunst, über den Wert des Lebens und über das Wesen der Tugend und Selbständigkeit. Vorzüglich aber über die Göttlichkeit der männlichen Freundschaft, die Julius zum eigentlichen Geschäft seines Lebens zu machen gesonnen war. Er hatte viele Verbindungen, und war unersättlich immer neue zu knüpfen. Jeden Mann, der ihm interessant erschien, suchte er, und ruhte nicht, bis er ihn gewonnen und die Zurückhaltung des andern durch seine jugendliche Zudringlichkeit und Zuversicht besiegt hatte. Es läßt sich denken, daß er, der sich eigentlich alles erlaubt hielt und sich selbst über das Lächerliche wegsetzen konnte, eine andre Schicklichkeit im Sinne und vor Augen hatte als die, welche allgemein gilt.

In dem Gefühl und Umgang des einen Freundes fand er mehr als weibliche Schonung und Zartheit bei erhabenem Verstande und fest gebildetem Charakter. Ein zweiter brannte mit ihm in edlem Unwillen über das schlechte Zeitalter und wollte etwas Großes wirken. Der liebenswürdige Geist des dritten war noch ein Chaos von Andeutungen:

aber er hatte zarten Sinn für alles und ahndete die Welt. Den einen verehrte er als seinen Meister in der Kunst würdig zu leben. Den andern dachte er als seinen Jünger und wollte sich nur vor der Hand zur Teilnahme an seinen Ausschweifungen herablassen, um ihn ganz zu kennen und zu gewinnen, und dann seine große Anlage zu retten, die so nah am Abgrunde wandelte wie seine eigne.

Es waren große Gegenstände, nach denen sie mit Ernst strebten. Indessen blieb es bei hohen Worten und vortrefflichen Wünschen. Julius kam nicht weiter und ward nicht klarer, er handelte nicht und er bildete nichts. Ja er vernachlässigte seine Kunst fast nie mehr, als da er sich und seine Freunde mit Projekten überströmte von allen Werken, die er vollbringen wollte, und die ihm im Augenblick der ersten Begeisterung schon fertig schienen. Die wenigen Anwandlungen von Nüchternheit, die ihm noch übrig blieben, erstickte er in Musik, die für ihn ein gefährlicher, bodenloser Abgrund von Sehnsucht und Wehmut war, in den er sich gern und willig versinken sah.

Diese innere Gärung hätte heilsam sein können, und aus der Verzweiflung wäre endlich Ruhe und Festigkeit hervorgegangen, und er wäre klar geworden über sich selbst. Aber die Wut der Unbefriedigung zerstückte seine Erinnerung, er hatte nie weniger eine Ansicht vom Ganzen seines Ich. Er lebte nur in der Gegenwart, an der er mit durstigen Lippen hing, und vertiefte sich ohne Ende in jeden unendlich kleinen und doch unergründlichen Teil der ungeheuren Zeit, als müsse es nun in diesem endlich zu finden sein, was er schon so lange suche. Diese Wut der Unbefriedigung mußte ihn bald mit seinen Freunden selbst verstimmen und entzweien, von denen die meisten bei den herrlichsten Anlagen ebenso untätig und mit sich uneins waren wie er. Dieser schien ihn nicht zu verstehn, jener bewunderte nur seinen Geist, äußerte aber Mißtrauen gegen sein Herz und tat ihm wirklich unrecht. Da hielt er seine innerste Ehre gekränkt und fühlte sich von geheimem Haß zerrissen. Er überließ sich diesem Gefühl ohne Scheu, denn er glaubte, nur wen man achten müsse, dürfe man hassen, und nur Freunde könnten einer dem andern das zarteste Gefühl so tief verletzen. Der eine Jüngling war durch eigne Schuld zu Grunde gegangen; der andre fing gar an selbst gewöhnlich zu werden. Mit einem dritten war sein Verhältnis verstimmt und fast gemein geworden. Es war ganz geistig gewesen, und so hätte es auch bleiben sollen. Aber eben weil es so zart war, mußte mit der feinsten Blüte alles verloren gehn, als die Gelegenheit es gab, daß einer dem andern Dienste leistete. Da gerieten sie in Wettstreite von Großmut und Dankbarkeit und fingen endlich an, in der geheimsten Tiefe der Seele irdische Foderungen an sich zu machen und zu vergleichen.

Bald hatte der Zufall ohne Schonung aufgelöst, was nur durch Willkür leidenschaftlich verbunden war. Immer mehr und mehr geriet Julius in einen Zustand, der von der Verrückung nur dadurch verschieden war, daß es einigermaßen auf ihn ankam, wann und wie weit er sich seiner Gewalt hingeben wollte. Auch war sein äußeres Betragen jeder bürgerlichen und gesellschaftlichen Ordnung gemäß, und grade jetzt fingen die Menschen an, ihn vernünftig zu nennen, da eine Verwirrung aller Schmerzen sein Innres wild zerriß, und die Krankheit des Geistes immer tiefer und geheimer an dem Herzen nagte. Es war mehr eine Raserei des Gefühls als des Verstandes, und das Übel war nur um so gefährlicher, weil er äußerlich froh und lustig schien. So war seine gewöhnliche Stimmung, und man fand ihn sogar angenehm. Nur wenn er mehr Wein genossen hatte als gewöhnlich, ward er überaus traurig und zu Tränen und Klagen geneigt. Aber selbst dann sprudelte er, wenn andre zugegen waren, von bitterm Witz und allgemeinem Spott, oder er trieb sein Spiel mit sonderbaren und dummen Menschen, deren Umgang er nun über alles liebte, und die er in die beste Laune zu setzen wußte, so daß sie sich von Herzen mitteilten und ganz zeigten, wie sie waren. Das Gemeine reizte und unterhielt ihn; nicht aus liebenswürdiger Herablassung, sondern weil es nach seiner Ansicht närrisch und toll war.

An sich selbst dachte er nicht, nur dann und wann überfiel ihn ein klares Gefühl, er werde plötzlich zu Grunde gehn. Die Reue unterdrückte er durch Stolz, und die Gedanken und Bilder des Selbstmordes waren ihm schon in seiner frühsten jugendlichen Schwermut so geläufig gewesen, daß sie den Reiz der Neuheit für ihn verloren hatten. Einen solchen

Entschluß auszuführen, wäre er sehr fähig gewesen, wenn er nur überhaupt zu einem Entschluß hätte kommen können. Es schien ihm kaum der Mühe wert, weil er doch nicht hoffen wollte, der Langeweile des Daseins und dem Eckel über das Schicksal auf diesem Wege zu entfliehn. Er verachtete die Welt und alles, und war stolz darauf.

Auch diese Krankheit wie alle vorigen heilte und vernichtete der erste Anblick einer Frau die einzig war, und die seinen Geist zum erstenmal ganz und in der Mitte traf. Seine bisherigen Leidenschaften spielten nur auf der Oberfläche, oder es waren vorübergehende Zustände ohne Zusammenhang. Jetzt ergriff ihn ein neues unbekanntes Gefühl, daß dieser Gegenstand allein der rechte, und dieser Eindruck ewig sei. Der erste Blick schon entschied, beim zweiten wußte er's, und sagte sich's, daß es nun gekommen, und wirklich da sei, was er so lange dunkel erwartet hatte. Er erstaunte, und erschrak, denn wie er dachte, daß es sein höchstes Gut sein würde, von ihr geliebt zu werden und sie ewig zu besitzen, so fühlte er zugleich, daß dieser höchste und einzige Wunsch ewig unerreichbar sei. Sie hatte gewählt und hatte sich gegeben; ihr Freund war auch der seinige, und lebte ihrer Liebe würdig. Julius war der Vertraute, er wußte daher alles genau, was ihn unglücklich machte, und urteilte mit Strenge über seinen eignen Unwert. Gegen diesen wandte sich die ganze Kraft seiner Leidenschaft. Er entsagte der Hoffnung und dem Glück, aber er beschloß, es zu verdienen, und Herr über sich selbst zu werden. Nichts verabscheute er so sehr, als den Gedanken, das Geringste von dem was ihn erfüllte, auch nur durch ein undeutliches Wort, durch einen verstohlnen Seufzer zu verraten. Gewiß wäre auch jede Äußerung widersinnig gewesen, und da er so heftig, sie so fein, und das Verhältnis so zart war, hätte ein einziger Wink, von denen, die unwillkürlich scheinen, und doch bemerkt sein wollen, immer weiter führen, und alles verwirren müssen. Darum drängte er alle Liebe in sein Innerstes zurück, und ließ da die Leidenschaft wüten, brennen und zehren; aber sein Äußeres war durchaus verwandelt, und so gut gelang ihm der Schein der kindlichsten Unbefangenheit und Unerfahrenheit und einer gewissen brüderlichen Härte, die er annahm, damit er nicht aus dem Schmeichelhaften ins Zärtliche fallen möchte, daß sie nie den leisesten Argwohn schöpfte. Sie war heiter und leicht in ihrem Glück, sie ahndete nichts, scheute also nichts, sondern ließ ihrem Witz und ihrer Laune freies Spiel, wenn sie ihn unliebenswürdig fand. Überhaupt lag in ihrem Wesen jede Hoheit und jede Zierlichkeit, die der weiblichen Natur eigen sein kann, jede Gottähnlichkeit, und jede Unart, aber alles war fein, gebildet, und weiblich. Frei und kräftig entwickelte und äußerte sich jede einzelne Eigenheit, als sei sie nur für sich allein da, und dennoch war die reiche, kühne Mischung so ungleicher Dinge im Ganzen nicht verworren, denn ein Geist beseelte es, ein lebendiger Hauch von Harmonie und Liebe. Sie konnte in derselben Stunde irgend eine komische Albernheit mit dem Mutwillen und der Feinheit einer gebildeten Schauspielerin nachahmen, und ein erhabenes Gedicht vorlesen mit der hinreißenden Würde eines kunstlosen Gesanges. Bald wollte sie in Gesellschaft glänzen und tändeln, bald war sie ganz Begeisterung, und bald half sie mit Rat und Tat, ernst, bescheiden und freundlich wie eine zärtliche Mutter. Eine geringe Begebenheit ward durch ihre Art sie zu erzählen so reizend wie ein schönes Märchen. Alles umgab sie mit Gefühl und mit Witz, sie hatte Sinn für alles, und alles kam veredelt aus ihrer bildenden Hand und von ihren süß redenden Lippen. Nichts Gutes und Großes war zu heilig oder zu allgemein für ihre leidenschaftlichste Teilnahme. Sie vernahm jede Andeutung, und sie erwiderte auch die Frage, welche nicht gesagt war. Es war nicht möglich, Reden mit ihr zu halten; es wurden von selbst Gespräche und während dem steigenden Interesse spielte auf ihrem feinen Gesichte eine immer neue Musik von geistvollen Blicken und lieblichen Mienen. Dieselben glaubte man zu sehen, wie sie sich bei dieser oder bei jener Stelle veränderten, wenn man ihre Briefe las, so durchsichtig und seelenvoll schrieb sie, was sie als Gespräch gedacht hatte. Wer sie nur von dieser Seite kannte, hätte denken können, sie sei nur liebenswürdig, sie würde als Schauspielerin bezaubern müssen, und ihren geflügelten Worten fehle nur Maß und Reim, um zarte Poesie zu werden. Und doch zeigte eben diese Frau bei jeder großen Gelegenheit Mut und Kraft zum Erstaunen, und das war auch der hohe Gesichtspunkt, aus dem sie den Wert der Menschen beurteilte.

Diese Größe der Seele war die Seite, von der Julius im Anfange seiner Leidenschaft ihr Wesen am meisten ergriff, weil diese zu dem Ernst derselben am besten stimmte. Sein ganzes Wesen war gleichsam von der Oberfläche zurückgetreten nach dem Innern; er versank in eine allgemeine Verschlossenheit und floh den Umgang der Menschen. Rauhe Felsen waren seine liebste Gesellschaft, am Gestade des einsamen Meeres hing er seinen Gedanken nach, und ging zu Rate mit sich selbst, und wenn das Sausen des Windes in den hohen Tannen rauschte, so wähnte er, die mächtigen Wogen tief unter ihm wollten sich aus Teilnahme und Mitleiden ihm nähern, und schwermütig blickte er den fernen Schiffen nach und der sinkenden Sonne. Dieser Ort war sein Liebling, er ward ihm durch die Erinnerung zu einer heiligen Heimat aller Schmerzen und Entschlüsse.

Die Vergötterung seiner erhabenen Freundin wurde für seinen Geist ein fester Mittelpunkt und Boden einer neuen Welt. Hier schwanden alle Zweifel, in diesem wirklichen Gute fühlte er den Wert des Lebens und ahndete die Allmacht des Willens. Er stand in Wahrheit auf frischem Grün einer kräftigen mütterlichen Erde, und ein neuer Himmel wölbte sich unermeßlich über ihm im blauen Äther. Er erkannte in sich den hohen Beruf zur göttlichen Kunst, er schalt seine Trägheit, daß er noch so weit zurück sei in der Bildung und zu weichlich gewesen war zu jeder gewaltigen Anstrengung. Er ließ sich nicht in müßige Verzweiflung sinken, sondern er folgte der weckenden Stimme jener heiligen Pflicht. Alle Mittel, die ihm die Verschwendung noch gelassen hatte, spannte er nun an. Er zerriß alle Bande von ehedem, und machte sich mit einem Streich ganz unabhängig. Seine Kraft und seine Jugend weihte er der erhabenen künstlerischen Arbeit und Begeisterung. Er vergaß sein Zeitalter und bildete sich nach den Helden der Vorwelt, deren Ruinen er mit Anbetung liebte. Auch für ihn selbst gab es keine Gegenwart, denn er lebte nur in der Zukunft und in der Hoffnung, dereinst ein ewiges Werk zu vollenden zum Denkmal seiner Tugend und seiner Würde.

So litt und lebte er viele Jahre, und wer ihn sah, hielt ihn für älter als er war. Was er bildete, war groß gedacht und in altem Stil, aber der Ernst war abschreckend, die Formen fielen ins Ungeheure, das Antike ward ihm zu einer harten Manier, und seine Gemälde blieben bei aller Gründlichkeit und Einsicht steif und steinern. Es war vieles zu loben, nur die Anmut fehlte; und darin glich er seinen Werken. Sein Charakter war rein gebrannt im Leiden göttlicher Liebe und glänzte in heller Kraft, aber er war spröde und starr wie echter Stahl. Er war aus Kälte ruhig, und nur dann geriet er in Aufruhr, wenn ihn eine hohe Wildnis der einsamen Natur mehr als gewöhnlich reizte, wenn er seiner entfernten Freundin treuen Bericht gab von dem Kampf seiner Bildung und dem Ziel aller Arbeit, oder wenn ihn die Begeisterung für die Kunst in Gegenwart andrer überraschte, daß nach langem Schweigen einige geflügelte Worte aus seinem innersten Gemüt brachen. Doch das geschah nur selten, denn er nahm so wenig Anteil an den Menschen als an sich selbst. Über ihr Glück und ihr Beginnen konnte er nur freundlich lächeln und er glaubte es ihnen aufs Wort, wenn er bemerkte, wie sie ihn unliebend und unliebenswürdig fanden.

Doch schien ihn eine edle Frau etwas zu bemerken und vorzuziehn. Ihr feiner Geist und ihr zartes Gefühl zog ihn lebhaft an, da sie noch durch den Reiz einer liebenswürdigen und dabei sonderbaren Gestalt und durch ein Auge voll stiller Schwermut erhöht wurden. Aber so oft er herzlicher werden wollte, ergriff ihn das alte Mißtrauen und die gewohnte Kälte. Er sah sie häufig und konnte sich nie äußern, bis auch dieser Strom von Gefühl zurückfloß in das innere Meer allgemeiner Begeisterung. Selbst die Gebieterin des Herzens trat in ein heiliges Dunkel zurück, und würde ihm fern geblieben sein, wenn er sie wiedergesehn hätte.

Das einzige was ihn milder und wärmer stimmte, war der Umgang mit einer anderen Frau, die er als Schwester ehrte und liebte, und die er auch ganz so betrachtete. Er stand schon länger in bürgerlichen Verhältnissen mit ihr, sie war kränklich und etwas älter wie er; dabei aber von hellem reifem Verstand, von gradem gesundem Sinn, und selbst im Auge der Fremden bis zur Liebenswürdigkeit rechtlich. Alles was sie unternahm, atmete den Geist freundlicher Ordnung, und wie von selbst entwickelte sich die gegenwärtige Tätigkeit allmählich aus der vorigen und bezog sich still auf die künftige. In dieser Anschauung begriff es Julius klar, daß es keine andre Tugend gebe als Konsequenz. Aber es war nicht die kalte steife Übereinstimmung berechneter Grundsätze oder Vorurteile, sondern die beharrliche Treue eines mütterlichen Herzens, das den Kreis seiner Wirksamkeit und seiner Liebe mit bescheidner Kraft erweitert und in sich selbst vollendet, und die rohen Dinge der umgebenden Welt zu einem freundlichen Eigentum und Werkzeug des geselligen Lebens bildet. Dabei war ihr jede Beschränktheit häuslicher Frauen fremd, und mit tiefer Schonung und gefühlter Milde sprach sie über die herrschenden Meinungen der Menschen, und über die Ausnahmen und Ausschweifungen derer, die gegen den Strom leben: denn ihr Verstand war so unbestechlich als ihr Gefühl rein und unverfälscht. Sie sprach überhaupt gern, vorzüglich über sittliche Gegenstände, wo sie den Streit oft ins Allgemeine spielte und auch wohl an Spitzfindigkeiten Gefallen hatte, wenn sie etwas zu enthalten schienen und sinnreich klangen. Sie war nicht sparsam mit Worten und ihr Gespräch ward durch keine ängstliche Ordnung gelenkt. Es war eine reizende Verwirrung von einzelnen Einfällen und allgemeiner Teilnahme, von fortgesetzter Aufmerksamkeit und plötzlicher Zerstreuung.

Die Natur belohnte endlich die mütterliche Tugend der vortrefflichen Frau und es keimte, da sie es kaum hoffte, ein neues Leben unter ihrem treuen Herzen. Das erfüllte den Jüngling, der so sehr an ihr hing und an ihrem häuslichen Glücke den wärmsten Anteil nahm, mit lebhafter Freude: aber es regte vieles in ihm an, was lange geschwiegen hatte.

Da nun einige seiner künstlerischen Versuche auch in seiner Brust ein neues Zutrauen weckten, und ihn der erste Beifall großer Meister aufmunterte; da ihn die Kunst an neue sehenswürdige Orte und unter fremde fröhliche Menschen führte: so erweichte sich sein Gefühl und floß mächtig, wie ein großer Strom, wenn das Eis schmilzt und bricht, und die Wogen mit neuer Kraft sich durch die alte Bahn reißen.

Er war verwundert sich wieder ausgelassen und fröhlich in der Gesellschaft der Menschen zu fühlen. Seine Denkart war männlich und rauh, aber sein Herz in der Einsamkeit wieder kindlich und schüchtern geworden. Er sehnte sich nach einer Heimat und dachte an eine schöne Ehe, die mit den Foderungen der Kunst nicht streiten sollte. War er dann unter der Blüte junger Mädchen, so fand er leicht eine oder mehrere von ihnen liebenswürdig. Heiraten, meinte er, wolle er sie gleich, wenn er sie schon nicht lieben könne. Denn der Begriff und selbst der Name der Liebe war ihm überheilig und blieb ganz in der Ferne. Bei solchen Gelegenheiten lächelte er dann über die scheinbare Beschränktheit seiner augenblicklichen Wünsche und fühlte wohl, wie unermeßlich viel ihm noch fehlen möchte, wenn sie durch einen Zauberschlag sogleich erfüllt würden. Ein anderesmal lachte er lauter über seine alte Heftigkeit nach so langem Enthalten, da ihm eine schnelle Gelegenheit einen frischen Genuß anbot, und sein Gemüt durch einen Roman, der in wenigen Minuten angefangen, vollendet und beschlossen war, wenigstens von einigem Brennstoff befreite und erleichterte.

Einem sehr gebildeten Mädchen gefiel er, weil er ihr seelenvolles Gespräch und ihren schönen Geist mit sichtbarer Innigkeit bewunderte, und ihr, ohne eine Schmeichelei auszusprechen, bloß durch die Art seines Umgangs huldigte, so gut, daß sie ihm nach und nach alles erlaubte, außer das letzte. Und selbst diese Grenze setzte sie ihm nicht aus Kälte, noch aus Vorsicht und Grundsatz: denn sie war reizbar genug, sie hatte eine starke Anlage zum Leichtsinn und lebte in den freisten Verhältnissen. Es war weiblicher Stolz und Scheu vor dem, was sie für tierisch und roh hielt. So wenig nun ein solches Beginnen ohne Vollendung nach Julius Sinne war, und obgleich er über die kleine Einbildung des Mädchens lächeln mußte, wenn er bei diesem verkehrten und verkünstelten Wesen an das Schaffen und Wirken der allmächtigen Natur, an ihre ewigen Gesetze, an die Hoheit und Größe der Mutterwürde, und an die Schönheit des Mannes dachte, den in der Fülle der Gesundheit und Liebe die Begeisterung des Lebens ergreift, oder des Weibes, das sich ihr hingibt: so freute er sich doch bei dieser Gelegenheit zu sehn, daß er den Sinn für zarten und feinen Genuß noch nicht verloren habe.

Bald aber vergaß er diese und andre ähnliche Kleinigkeiten, da er eine junge Künstlerin traf, welche das Schöne gleich ihm leidenschaftlich verehrte, die Einsamkeit und Natur ebenso zu lieben schien. In ihren Landschaften sah und fühlte man den lebendigen Hauch wahrer Luft, es war immer ein ganzer Blick. Die Umrisse waren zu unbestimmt, und zwar auf eine solche Weise, daß sie den Mangel einer gründlichen Schule verrieten. Aber alle die Massen stimmten zusammen zu einer Einheit für das Gefühl, die so klar und deutlich war, als sei es unmöglich, etwas anderes dabei zu fühlen. Sie trieb die Malerei nicht wie ein Gewerbe oder eine Kunst, sondern bloß aus Lust und Liebe, und warf jede Ansicht, so wie auf ihren Wanderungen ihr eine gefiel oder merkwürdig schien, nach Zeit und Laune mit der Feder oder in Wasserfarben aufs Papier. Zum Öl hatte es ihr an Geduld und an Fleiß gefehlt, und selten malte sie ein Portrait, nur wann sie ein Gesicht sehr ausgezeichnet und wert hielt. Dann arbeitete sie mit der gewissenhaftesten Treue und Sorgfalt und wußte die Pastellfarben mit einer bezaubernden Weichheit zu behandeln. So bedingt und gering der Wert dieser Versuche für die Kunst sein mochte, so freute sich Julius doch nicht wenig über die schöne Wildheit in ihren Landschaften und über den Geist, mit dem sie die unergründliche Mannichfaltigkeit und wunderbare Übereinstimmung der menschlichen Gesichtszüge auffaßte. Und so einfach die der Künstlerin selbst waren, so waren sie doch nicht unbedeutend, und Julius fand in ihnen einen großen Ausdruck, der ihm immer neu blieb.

Lucinde hatte einen entschiednen Hang zum Romantischen, er fühlte sich betroffen über die neue Ähnlichkeit und er entdeckte immer mehrere. Auch sie war von denen, die nicht in der gemeinen Welt leben, sondern in einer eignen selbstgedachten und selbstgebildeten. Nur was sie von Herzen liebte und ehrte, war in der Tat wirklich für sie, alles andre nichts; und sie wußte was Wert hat. Auch sie hatte mit kühner Entschlossenheit alle Rücksichten und alle Bande zerrissen und lebte völlig frei und unabhängig.

Die wunderbare Gleichheit zog den Jüngling bald in ihre Nähe, er bemerkte, daß auch sie diese Gleichheit fühle, und beide nahmen es gewahr, daß sie sich nicht gleichgültig wären. Es war noch nicht lange daß sie sich sahen und Julius wagte nur einzelne abgerißne Worte, die bedeutend aber nicht deutlich waren. Er sehnte sich mehr von ihren Schicksalen und ihrem ehemaligen Leben zu wissen, worüber sie gegen andre sehr geheimnisvoll war. Ihm gestand sie nicht ohne gewaltsame Erschütterung, sie sei schon Mutter gewesen von einem schönen starken Knaben, den ihr der Tod bald wieder entrissen. Auch er erinnerte sich an die Vergangenheit und sein Leben ward ihm, indem er es ihr erzählte, zum erstenmal zu einer gebildeten Geschichte. Wie freute sich Julius, da er mit ihr über Musik sprach, und seine innersten und eigensten Gedanken über den heiligen Zauber dieser romantischen Kunst aus ihrem Munde hörte! Da er ihren Gesang vernahm, der sich rein und stark gebildet aus tiefer weicher Seele hob, da er ihn mit dem seinigen begleitete, und ihre Stimmen bald in Eins flossen, bald Fragen und Antworten der zartesten Empfindung wechselten, für die es keine Sprache gibt! Er konnte nicht widerstehn, er drückte einen schüchternen Kuß auf die frischen Lippen und die feurigen Augen. Mit ewigem Entzücken fühlte er das göttliche Haupt der hohen Gestalt auf seine Schulter sinken, die schwarzen Locken flossen über den Schnee des vollen Busens und des schönen Rückens, leise sagte er *herrliche Frau!* als die fatale Gesellschaft unerwartet hereintrat.

Nun hatte sie ihm nach seinen Begriffen eigentlich schon alles gewährt; es war ihm nicht möglich zu künsteln an einem Verhältnis, das er sich so rein und groß dachte, und doch war ihm jede Zögerung unerträglich. Von einer Gottheit, dachte er, begehrt man nicht erst das, was man nur als Übergang und Mittel denkt, sondern man bekennt sogleich mit Offenheit und Zuversicht das Ziel aller Wünsche. So bat auch er sie mit der unschuldigsten Unbefangenheit um alles, was man eine Geliebte bitten kann, und stellte ihr in einem Strome von Beredsamkeit dar, wie seine Leidenschaftlichkeit ihn zerstören würde, wenn sie zu weiblich sein wollte. Sie war nicht wenig überrascht, aber sie ahndete wohl, daß er nach der Hingebung liebender und treuer sein würde wie vorher. Sie konnte keinen Entschluß fassen, und überließ es nur den Umständen, die es so fügten, wie es gut war. Sie waren nur wenige Tage allein, als sie sich ihm auf ewig ergab und ihm die Tiefe ihrer großen Seele öffnete, und alle Kraft, Natur und Heiligkeit, die in ihr war. Auch sie lebte lange in gewaltsamer Verschlossenheit, und nun brachen zwischen den Umarmungen in Strömen der Rede das zurückgedrängte Zutrauen und die Mitteilung mit einemmale hervor aus dem innersten Gemüt. In einer Nacht wechselten sie mehr als einmal heftig zu weinen und laut zu lachen. Sie waren ganz hingegeben und eins und doch war jeder ganz er selbst, mehr als sie es noch je gewesen waren, und jede Äußerung war voll vom tiefsten Gefühl und eigensten Wesen. Bald ergriff sie eine unendliche Begeisterung, bald tändelten und scherzten sie mutwillig und Amor war hier wirklich, was er so selten ist, ein fröhliches Kind.

Durch das, was seine Freundin ihm offenbart hatte, ward es dem Jünglinge klar, daß nur ein Weib recht unglücklich sein kann und recht glücklich, und daß die Frauen allein, die mitten im Schoß der menschlichen Gesellschaft Naturmenschen geblieben sind, den kindlichen Sinn haben, mit dem man die Gunst und Gabe der Götter annehmen muß. Er lernte das schöne Glück ehren, was er gefunden hatte, und wenn er es mit dem häßlichen unechten Glück verglich, was er ehedem vom Eigensinn des Zufalls künstlich erzwingen wollte, so erschien es ihm wie eine natürliche Rose am lebendigen Stamm gegen eine nachgemachte. Aber weder im Taumel der Nächte noch in der Freude der Tage wollte er es Liebe nennen. So sehr hatte er sich beredet, daß diese gar nicht für ihn sei und er nicht für sie! Es fand sich leicht ein Unterschied, um diese Selbsttäuschung zu bestätigen. Er hege, so war sein Urteil, eine heftige Leidenschaft für sie und werde ewig ihr Freund sein. Was sie ihm gab und für ihn fühlte, nannte er Zärtlichkeit, Erinnerung, Hingabe und Hoffnung.

Indessen floß die Zeit und die Freude wuchs. Julius fand in Lucindens Armen seine Jugend wieder. Die üppige Ausbildung ihres schönen Wuchses war für die Wut seiner Liebe und seiner Sinne reizender, wie der frische Reiz der Brüste und der Spiegel eines jungfräulichen Leibes. Die hinreißende Kraft und Wärme ihrer Umschließung war mehr als mädchenhaft; sie hatte einen Anhauch von Begeisterung und Tiefe, den nur eine Mutter haben kann. Wenn er sie im Zauberschein einer milden Dämmerung hingegossen sah, konnte er nicht aufhören, die schwellenden Umrisse schmeichelnd zu berühren, und durch die zarte Hülle der ebnen Haut die warmen Ströme des feinsten Lebens zu fühlen. Sein Auge indessen berauschte sich an der Farbe die sich durch die Wirkung der Schatten vielfach zu verändern schien und doch immer eine und dieselbe blieb. Eine reine Mischung, wo nirgends Weiß oder Braun oder Rot allein abstach oder sich roh zeigte. Das alles war verschleiert und verschmolzen zu einem einzigen harmonischen Glanz von sanftem Leben. – Auch Julius war männlich schön, aber die Männlichkeit seiner Gestalt offenbarte sich nicht in der hervorgedrängten Kraft der Muskeln.

Vielmehr waren die Umrisse sanft, die Glieder voll und rund, doch war nirgends ein Überfluß. In hellem Licht bildete die Oberfläche überall breite Massen und der glatte Körper schien dicht und fest wie Marmor, und in den Kämpfen der Liebe entwickelte sich mit einemmale der ganze Reichtum seiner kräftigen Bildung.

Sie erfreuten sich des jugendlichen Lebens, Monate vergingen wie Tage und mehr als zwei Jahre waren vorüber. Nun ward Julius erst allmählich inne, wie groß seine Ungeschicklichkeit sei und sein Mangel an Verstand. Er hatte die Liebe und das Glück überall gesucht, wo sie nicht zu finden waren, und nun da er das Höchste besaß, hatte er nicht einmal gewußt oder gewagt, ihm den rechten Namen zu geben. Er erkannte nun wohl, daß die Liebe, die für die weibliche Seele ein unteilbares durchaus einfaches Gefühl ist, für den Mann nur ein Wechsel und eine Mischung von Leidenschaft, von Freundschaft und von Sinnlichkeit sein kann; und er sah mit frohem Erstaunen, daß er eben so unendlich geliebt werde wie er liebe.

Überhaupt schien es vorherbestimmt, daß jede Begebenheit seines Lebens ihn durch ein sonderbares Ende überraschen solle. Nichts zog ihn anfangs so sehr an, und hatte ihn so mächtig getroffen, als die Wahrnehmung, daß Lucinde von ähnlichem ja gleichem Sinn und Geist mit ihm selbst war, und nun mußte er von Tage zu Tage neue Verschiedenheiten entdecken. Zwar gründeten sich selbst diese nur auf eine tiefere Gleichheit, und je reicher ihr Wesen sich entwickelte, je vielseitiger und inniger ward ihre Verbindung. Er hatte es nicht geahndet, daß ihre Originalität so unerschöpflich war wie ihre Liebe. Ihr Aussehn sogar schien jugendlicher und blühender in seiner Gegenwart; und so blühte auch ihr Geist durch die Berührung des seinigen auf und bildete sich in neue Gestalten und in neue Welten. Er glaubte alles in ihr vereinigt zu besitzen, was er sonst einzeln geliebt hatte: die schöne Neuheit des Sinnes, die hinreißende Leidenschaftlichkeit, die bescheidne Tätigkeit und Bildsamkeit und den großen Charakter. Jedes neue Verhältnis, jede neue Ansicht war für sie ein neues Organ der Mitteilung und Harmonie. Wie der Sinn für einander, wuchs auch der Glauben an einander, und mit dem Glauben stieg der Mut und die Kraft.

Sie teilten ihre Neigung zur Kunst und Julius vollendete einiges. Seine Gemälde belebten sich, ein Strom von beseelendem Licht schien sich darüber zu ergießen und in frischer Farbe blühte das wahre Fleisch. Badende Mädchen, ein Jüngling der mit geheimer Lust sein Ebenbild im Wasser anschaut, oder eine holdselig lächelnde Mutter mit dem geliebten Kinde im Arm waren beinah die höchsten Gegenstände seines Pinsels. Die Formen selbst entsprachen vielleicht nicht immer den angenommenen Gesetzen einer künstlichen Schönheit. Was sie dem Auge empfahl, war eine gewisse stille Anmut, ein tiefer Ausdruck von ruhigem heitern Dasein und von Genuß dieses Daseins. Es schienen beseelte Pflanzen in der gottähnlichen Gestalt des Menschen. Eben diesen liebenswürdigen Charakter hatten auch seine Umarmungen, in deren Verschiedenheit er unerschöpflich war. Die malte er am liebsten, weil der Reiz seines Pinsels sich hier am schönsten zeigen konnte. In ihnen schien wirklich der flüchtige und geheimnisvolle Augenblick des höchsten Lebens durch einen stillen Zauber überrascht und für die Ewigkeit angehalten. Je entfernter von bacchantischer Wut, je bescheidner und lieblicher die Behandlung war, je verführerischer war der Anblick, bei dem Jünglinge und Frauen ein süßes Feuer durchströmte.

Wie seine Kunst sich vollendete und ihm von selbst in ihr gelang, was er zuvor durch kein Streben und Arbeiten erringen konnte: so ward ihm auch sein Leben zum Kunstwerk, ohne daß er eigentlich wahrnahm, wie es geschah. Es ward Licht in seinem Innern, er sah und übersah alle Massen seines Lebens und den Gliederbau des Ganzen klar und richtig, weil er in der Mitte stand. Er fühlte, daß er diese Einheit nie verlieren könne, das Rätsel seines Daseins war gelöst, er hatte das Wort gefunden, und alles schien ihm dazu vorherbestimmt und von den frühsten Zeiten darauf angelegt, daß er es in der Liebe finden sollte, zu der er sich aus jugendlichem Unverstand ganz ungeschickt geglaubt hatte.

Leicht und melodisch flossen ihnen die Jahre vorüber, wie ein schöner Gesang, sie lebten ein gebildetes Leben, auch ihre Umgebung ward harmonisch und ihr einfaches Glück schien mehr ein seltnes Talent als eine sonderbare Gabe des Zufalls. Julius hatte auch sein äußeres Betragen verändert; er war geselliger, und obgleich er viele ganz verwarf, um sich mit wenigen desto inniger zu verbinden, so unterschied er doch nicht mehr so hart, wurde vielseitiger und lernte das Gewöhnliche veredeln. Er zog allmählich manche vorzügliche Menschen an sich, Lucinde verband und erhielt das Ganze und so entstand eine freie Gesellschaft, oder vielmehr eine große Familie, die sich durch ihre Bildung immer neu blieb. Auch vorzügliche Ausländer erhielten den Zutritt. Julius sprach seltner mit ihnen, aber Lucinde wußte sie gut zu unterhalten; und zwar so, daß ihre groteske Allgemeinheit und ausgebildete Gemeinheit zugleich die andern ergötzte, und weder ein Stillstand noch ein Mißlaut in der geistigen Musik erregt ward, deren Schönheit eben in der harmonischen Mannichfaltigkeit und Abwechselung bestand. Neben dem großen, ernsten Styl in der Kunst der Geselligkeit sollte auch jede nur reizende Manier und flüchtige Laune ihre Stelle darin finden.

Eine allgemeine Zärtlichkeit schien Julius zu beseelen, nicht ein nützendes oder mitleidendes Wohlwollen an der Menge, sondern eine anschauende Freude über die Schönheit des Menschen, der ewig bleibt, während die einzelnen schwinden; und ein reger und offner Sinn für das Innerste in sich und in andern. Er war fast immer gleich gestimmt zum kindlichsten Scherz und zum heiligsten Ernst. Er liebte nicht mehr nur die Freundschaft in seinen Freunden, sondern sie selbst. Jede schöne

Ahndung und Andeutung die in der Seele liegt, strebte er im Gespräch mit ähnlich Gesinnten ans Licht zu bringen und zu entwickeln. Da ward sein Geist in vielfachen Richtungen und Verhältnissen ergänzt und bereichert. Aber die volle Harmonie fand er auch von dieser Seite allein in Lucindens Seele, wo die Keime alles Herrlichen und alles Heiligen nur auf den Strahl seines Geistes warteten, um sich zur schönsten Religion zu entfalten.

*

Ich versetze mich gern in den Frühling unsrer Liebe; ich sehe alle die Veränderungen und Verwandlungen, ich lebe sie noch einmal, und ich möchte wenigstens einige von den leisen Umrissen des entfliehenden Lebens ergreifen und zu einem bleibenden Bilde gestalten, jetzt da es noch voller warmer Sommer in mir ist, ehe auch das vorüber und es auch dazu zu spät wird. Wir Sterblichen sind, so wie wir hier sind, nur die edelsten Gewächse dieser schönen Erde. Die Menschen vergessen das so leicht, höchlich mißbilligen sie die ewigen Gesetze der Welt und wollen die geliebte Oberfläche durchaus im Mittelpunkte wieder finden. Nicht also du und ich. Wir sind dankbar und zufrieden mit dem was die Götter wollen und was sie in der heiligen Schrift der schönen Natur so klar angedeutet haben. Das bescheidne Gemüt erkennt es, daß es auch seine wie aller Dinge natürliche Bestimmung sei, zu blühen, zu reifen und zu welken. Aber es weiß, daß eines doch in ihm unvergänglich sei. Dieses ist die ewige Sehnsucht nach der ewigen Jugend, die immer da ist und immer entflieht. Noch klaget die zärtliche Venus um den Tod des holden Adonis in jeder schönen Seele. Mit süßem Verlangen erwartet und sucht sie den Jüngling, mit zarter Wehmut erinnert sie sich an die himmlischen Augen des Geliebten, an die sanften Züge und an die kindlichen Gespräche und Scherze, und lächelt dann eine Träne, hold errötend, auch sich nun unter den Blumen der bunten Erde zu erblicken.

Andeuten will ich dir wenigstens in göttlichen Sinnbildern, was ich nicht zu erzählen vermag. Denn wie ich auch die Vergangenheit überdenke, und in mein Ich zu dringen strebe, um die Erinnerung in klarer Gegenwart anzuschauen und dich anschauen zu lassen: es bleibt immer etwas zurück, was sich nicht äußerlich darstellen läßt, weil es ganz innerlich ist. Der Geist des Menschen ist sein eigner Proteus, verwandelt sich und will nicht Rede stehn vor sich selbst, wenn er sich greifen möchte. In jener tiefsten Mitte des Lebens treibt die schaffende Willkür ihr Zauberspiel. Da sind die Anfänge und Enden, wohin alle Fäden im Gewebe der geistigen Bildung sich verlieren. Nur was allmählig fortrückt in der Zeit und sich ausbreitet im Raume, nur was geschieht ist Gegenstand der Geschichte. Das Geheimnis einer augenblicklichen Entstehung oder Verwandlung kann man nur erraten und durch Allegorie erraten lassen.

Es war nicht ohne Grund, daß der fantastische Knabe, der mir am meisten gefiel unter den vier unsterblichen Romanen, die ich im Traum sah, mit der Maske spielt. Auch in dem was reine Darstellung und Tatsache scheint, hat sich Allegorie eingeschlichen, und unter die schöne Wahrheit bedeutende Lügen gemischt. Aber nur als geistiger Hauch schwebt sie beseelend über die ganze Masse, wie der Witz, der unsichtbar mit seinem Werke spielt und nur leise lächelt.

Es gibt Dichtungen in der alten Religion, die selbst in ihr einzig schön, heilig und zart erscheinen. Die Poesie hat sie so fein und reich gebildet und umgebildet, daß ihre schöne Bedeutsamkeit unbestimmt geblieben ist, und immer neue Deutungen und Bildungen erlaubt. Unter diesen habe ich, um dir einiges von dem anzudeuten, was ich über die Metamorphosen des liebenden Gemüts ahnde, die gewählt, von denen ich glaubte, der Gott der Harmonie könnte sie, nachdem ihn die Liebe vom Himmel auf die Erde geführt und ihn zum Hirten gemacht, den Musen erzählt oder doch von ihnen angehört haben. Damals an den Ufern des Amphrysos hat er auch, wie ich glaube, die Idylle und die Elegie ersonnen.

Metamorphosen

In süßer Ruhe schlummert der kindliche Geist und der Kuß der liebenden Göttin erregt ihm nur leichte Träume. Die Rose der Scham färbt seine Wange, er lächelt und scheint die Lippen zu öffnen, aber er erwacht nicht, und er weiß nicht was in ihm vorgeht. Erst nachdem der Reiz des äußern Lebens, durch ein innres Echo vervielfältigt und verstärkt, sein ganzes Wesen überall durchdrungen hat, schlägt er das Auge auf, frohlockend über die Sonne, und erinnert sich jetzt an die Zauberwelt die er im Schimmer des blassen Mondes sah. Die wunderbare Stimme, die ihn weckte, ist ihm geblieben, aber sie tönt nun statt der Antwort von den äußern Gegenständen zurück; und wenn er dem Geheimnis seines Daseins mit kindlicher Schüchternheit zu entfliehen strebt, das Unbekannte mit schöner Neugier suchend, vernimmt er überall nur den Nachhall seiner eignen Sehnsucht.

So schaut das Auge in dem Spiegel des Flusses nur den Widerschein des blauen Himmels, die grünen Ufer, die schwankenden Bäume und die eigne Gestalt des in sich selbst versunkenen Betrachters. Wenn ein Gemüt voll unbewußter Liebe da, wo es Gegenliebe hoffte, sich selbst findet, wird es von Erstaunen getroffen. Doch bald läßt sich der Mensch wieder durch den Zauber der Anschauung locken und täuschen, seinen Schatten zu lieben. Dann ist der Augenblick der Anmut gekommen, die Seele bildet ihre Hülle noch einmal, und atmet den letzten Hauch der Vollendung durch die Gestalt. Der Geist verliert sich in seiner klaren Tiefe und findet sich wie Narcissus als Blume wieder.

Liebe ist höher als Anmut und wie bald würde die Blüte der Schönheit fruchtlos welken ohne die ergänzende Bildung der Gegenliebe!

Dieser Augenblick, der Kuß des Amor und der Psyche ist die Rose des Lebens. – Die begeisterte Diotima hat ihrem Sokrates nur die Hälfte der

Liebe offenbart. Die Liebe ist nicht bloß das stille Verlangen nach dem Unendlichen; sie ist auch der heilige Genuß einer schönen Gegenwart. Sie ist nicht bloß eine Mischung, ein Übergang vom Sterblichen zum Unsterblichen, sondern sie ist eine völlige Einheit beider. Es gibt eine reine Liebe, ein unteilbares und einfaches Gefühl ohne die leiseste Störung von unruhigem Streben. Jeder gibt dasselbe was er nimmt, einer wie der andre, alles ist gleich und ganz und in sich vollendet wie der ewige Kuß der göttlichen Kinder.

Durch die Magie der Freude zerfließt das große Chaos streitender Gestalten in ein harmonisches Meer der Vergessenheit. Wenn der Strahl des Glücks sich in der letzten Träne der Sehnsucht bricht, schmückt Iris schon die ewige Stirn des Himmels mit den zarten Farben ihres bunten Bogens. Die lieblichen Träume werden wahr, und schön wie Anadyomene heben sich aus den Wogen der Lethe die reinen Massen einer neuen Welt und entfalten ihren Gliederbau in die Stelle der verschwundnen Finsternis. In goldner Jugend und Unschuld wandelt die Zeit und der Mensch im göttlichen Frieden der Natur, und ewig kehrt Aurora schöner wieder.

Nicht der Haß, wie die Weisen sagen, sondern die Liebe trennt die Wesen und bildet die Welt, und nur in ihrem Licht kann man diese finden und schauen. Nur in der Antwort seines Du kann jedes Ich seine unendliche Einheit ganz fühlen. Dann will der Verstand den innern Keim der Gottähnlichkeit entfalten, strebt immer näher nach dem Ziele und ist voll Ernst, die Seele zu bilden, wie ein Künstler das einzig geliebte Werk. In den Mysterien der Bildung schaut der Geist das Spiel und die Gesetze der Willkür und des Lebens. Das Werk des Pygmalion bewegt sich, und den überraschten Künstler ergreift ein freudiger Schauer im Bewußtsein eigner Unsterblichkeit, und wie der Adler den Ganymedes reißt ihn die göttliche Hoffnung mit mächtigem Fittich zum Olymp.

Zwei Briefe

Ist es denn wahr und wirklich, was ich so oft in der Stille wünschte und nicht zu äußern wagte? – Ich sehe das Licht einer heiligen Freude auf deinem Antlitz lächeln, und bescheiden gibst du mir die schöne Verheißung.

Du wirst Mutter sein! –

Lebe wohl Sehnsucht und du leise Klage, die Welt ist wieder schön, jetzt liebe ich die Erde, und die Morgenröte eines neuen Frühlings hebt ihr rosenstrahlendes Haupt über mein unsterbliches Dasein. Wenn ich Lorbeern hätte, würde ich sie um deine Stirn flechten, um dich einzuweihen zu neuem Ernst und zu neuer Tätigkeit; denn auch für dich beginnt nun ein anderes Leben. Dafür gib du mir den Myrthenkranz. Es steht mir wohl an, mich jugendlich zu schmücken mit dem Sinnbilde der Unschuld, da ich im Paradiese der Natur wandle. Was vorher war zwischen uns, ist nur Liebe gewesen und Leidenschaft. Nun hat uns die Natur inniger verbunden, ganz und unauflöslich. Die Natur allein ist die wahre Priesterin der Freude; nur sie versteht es, ein hochzeitliches Band zu knüpfen. Nicht durch eitle Worte ohne Segen, sondern durch frische Blüten und lebendige Früchte aus der Fülle ihrer Kraft. Im endlosen Wechsel neuer Gestalten flicht die bildende Zeit den Kranz der Ewigkeit, und heilig ist der Mensch, den das Glück berührt, daß er Früchte trägt und gesund ist. Wir sind nicht etwa taube Blüten unter den Wesen, die Götter wollen uns nicht ausschließen aus der großen Verkettung aller wirkenden Dinge, und geben uns deutliche Zeichen. So laß uns denn unsre Stelle in dieser schönen Welt verdienen, laß uns auch die unsterblichen Früchte tragen, die der Geist und die Willkür bildet, und laß uns eintreten in den Reigen der Menschheit. Ich will mich anbauen auf der Erde, ich will für die Zukunft und für die Gegenwart säen und ernten, ich will alle Kräfte brauchen, so lange es Tag ist, und mich dann am Abend in den Armen der Mutter erquicken, die mir ewig Braut sein wird. Unser Sohn, der kleine ernsthafte Schalk wird um uns spielen, und manchen Mutwillen gegen dich mit mir aussinnen.

*

Du hast recht, das kleine Landgut müssen wir durchaus kaufen. Es ist gut, daß du gleich die Anstalten getroffen hast, ohne auf meine Entscheidung zu warten. Richte alles ein, wie es dir gefällt; nur nicht gar zu schön, wenn ich bitten darf, aber auch nicht zu nützlich und vor allen Dingen nicht zu weitläuftig.

Wenn du nur alles ganz nach deinem eignen Sinn machst, und dir nichts einreden läßt von Gewöhnlichem und Schicklichem, so wird es schon recht sein, wie es sein muß und wie ich's wünsche, und ich werde eine herrliche Freude haben über das schöne Eigentum. Was ich sonst brauchte, hatte ich gedankenlos und ohne Gefühl von Besitz. Leichtsinnig lebte ich über die Erde weg, und war nicht einheimisch auf ihr. Nun hat das Heiligtum der Ehe mir das Bürgerrecht im Stande der Natur gegeben. Ich schwebe nicht mehr im leeren Raum einer allgemeinen Begeisterung, ich gefalle mir in der freundlichen Beschränkung, ich sehe das Nützliche in einem neuen Lichte und finde alles wahrhaft nützlich, was irgend eine ewige Liebe mit ihrem Gegenstande vermählt, kurz alles was zu einer echten Ehe dient. Die äußerlichen Dinge selbst flößen mir Hochachtung ein, wenn sie in ihrer Art tüchtig sind, und du wirst am Ende noch frohlockende Lobreden auf den Wert eines eignen Herdes und über die Würde der Häuslichkeit von mir hören.

Ich verstehe jetzt deine Vorliebe fürs Landleben, ich liebe sie an dir, und ich fühle wie du. Ich mag sie gar nicht mehr sehn, diese unbeholfnen Klumpen von allem was verderbt und krank ist in der Menschheit; und wenn ich sie im allgemeinen denken will, erscheinen sie mir wie wilde Tiere an der Kette, die nicht einmal frei wüten können. Auf dem Lande können die Menschen doch noch beisammen sein, ohne sich häßlich zu drängen. Da könnten, wenn alles wäre wie es sollte, schöne Wohnungen und liebliche Hütten wie frische Gewächse und Blumen den grünen Boden schmücken und einen würdigen Garten der Gottheit bilden.

Freilich werden wir auch auf dem Lande die Gemeinheit wieder finden, die noch überall herrscht. Es sollte eigentlich nur zwei Stände unter den Menschen geben, den bildenden und den gebildeten, den männlichen und den weiblichen, und statt aller künstlichen Gesellschaft eine große Ehe dieser beiden Stände, und allgemeine Brüderschaft aller einzelnen. Statt dessen sehen wir nur eine Unzahl von Rohheit, und als unbedeutende Ausnahme einige die durch Mißbildung verkehrt sind! Aber in der freien Luft kann doch das einzelne, was schön und gut ist, nicht so erdrückt werden durch die schlechte Masse und durch den Schein ihrer Allmacht.

Weißt du, welche Zeit unsrer Liebe mir besonders schön glänzt? – Zwar ist mir alles schön und rein in der Erinnerung, und auch an die ersten Tage denke ich mit wehmütigem Entzücken. Aber das Werteste unter allem Werten sind mir doch die letzten Tage, die wir zusammen auf dem Gute lebten. – Ein neuer Grund, um wieder auf dem Lande zu wohnen!

Noch eins. Laß mir die Weinreben nicht zu sehr beschneiden. Ich schreibe dies nur, weil du sie gar zu wild und üppig fandest, und weil es dir einfallen möchte, das kleine Haus von allen Seiten durchaus sauber vor dir zu sehn. Auch der grüne Rasenplatz muß bleiben wie er ist. Darauf soll das Kleine sein Wesen treiben, kriechen, spielen und sich wälzen.

*

Nicht wahr, der Schmerz, den dir mein trauriger Brief erregt hat, ist völlig vergütet? Ich kann mich in allen diesen Herrlichkeiten und im Taumel der Hoffnung nicht länger mit Sorge quälen. Mehr Schmerz als ich hast du nicht dabei empfunden. Aber was liegt daran, wenn du mich liebst, wirklich liebst, so recht im Innersten, ohne einen Hinterhalt von Fremdem. Welcher Schmerz wäre der Rede wert, wenn wir damit ein tieferes, heißeres Bewußtsein unsrer Liebe gewinnen? Auch du bist so gesinnt. Alles was ich dir da sage, wußtest du lange. Überhaupt ist kein Entzücken und keine Liebe in mir, die nicht schon in irgend einer Tiefe deines Wesens verborgen läge, du Unendliche und Glückliche!

Mißverständnisse sind auch gut, damit das Heiligste einmal zur Sprache kömmt. Das Fremde, was dann und wann zwischen uns zu sein scheint, ist nicht in uns, in keinem von uns. Es ist nur zwischen uns und auf der Oberfläche, und ich hoffe bei dieser Gelegenheit wirst du es ganz von dir und aus dir wegtreiben.

Und woher entstehen solche kleine Abstoßungen als aus der gegenseitigen Unersättlichkeit im Lieben und Geliebtwerden? Ohne diese Unersättlichkeit gibt's keine Liebe. Wir leben und lieben bis zur

Vernichtung. Und wenn die Liebe es ist, die uns erst zu wahren vollständigen Menschen macht, das Leben des Leben ist, so darf auch sie wohl die Widersprüche nicht scheuen, so wenig wie das Leben und die Menschheit; so wird auch ihr Frieden nur auf den Streit der Kräfte folgen.

Ich fühle mich glücklich, daß ich eine Frau liebe, die so wie du lieben kann. *So wie du* ist ein größeres Wort als alle Superlative. – Wie kannst du nur meine Worte loben, da ich, ohne es zu wollen, welche traf, die dich so verletzen mußten? Ich möchte sagen, ich schreibe zu gut, um dir sagen zu können, wie mir im innersten Gemüt ist. Ach Liebe! glaube es nur, daß keine Frage in dir ohne Antwort in mir ist. Deine Liebe kann nicht ewiger sein als die meinige. – Köstlich ist aber deine schöne Eifersucht auf meine Fantasie und ihre Wutbeschreibungen. Das bezeichnet recht die Grenzenlosigkeit deiner Treue, läßt aber doch hoffen, daß deine Eifersucht nahe daran sei, in ihrem eignen Übermaß sich selbst zu zernichten.

Es bedarf nun dieser Art von Fantasie – der geschriebenen – nicht mehr. Ich werde bald bei dir sein. Ich bin heiliger, ruhiger wie sonst. Ich kann dich im Geiste nur anblicken und stets vor dir stehn. Du fühlst alles ohne daß ich's sage, und glühst freudig halb den geliebten Mann halb das Kind im Herzen.

*

Weißt du noch, wie ich dir schrieb, keine Erinnerung könne dich mir entweihen, du seist ewig rein wie die heilige Jungfrau von unbeflecktem Empfängnis, und nichts fehle dir zur Madonna wie das Kind?

Nun hast du es, nun ist es da und wirklich. Bald trage ich ihn auf dem Arm, bald erzähle ich ihm Märchen, bald unterrichte ich ihn sehr ernsthaft, bald gebe ich ihm gute Lehren, wie der junge Mensch sich in der Welt zu betragen hat.

Und dann kehrt mein Geist wieder zurück zur Mutter, ich gebe dir einen unendlichen Kuß, ich sehe wie sich dein Busen sehnend hebt, und fühle wie sich's unter deinem Herzen geheimnisvoll regt.

*

Wenn wir nur erst wieder beisammen sind, wollen wir unsrer Jugend ganz eingedenk sein, und ich will die Gegenwart heilig halten. Wohl hast du recht: Eine Stunde später ist unendlich viel später.

Es ist hart, daß ich eben jetzt nicht bei dir sein kann! Ich beginne aus Ungeduld viel Närrisches. Ich streife fast von Morgen bis Abend umher in der herrlichen Gegend; ich eile als ob es wunder wie notwendig wäre, und gerate endlich an einen Ort, wohin ich am wenigsten wollte. Ich gebärde mich als ob ich heftige Reden hielte; ich glaube allein zu sein und bin plötzlich unter Menschen; und muß dann lächeln, wenn ich bemerke, wie abwesend ich war. Auch schreiben kann ich nicht lange und will nur bald wieder hinaus, den schönen Abend an den Ufern des ruhigen Stroms zu verträumen.

Heute habe ich unter andern auch vergessen, daß es Zeit war, den Brief abzusenden. Dafür erhältst du nun desto mehr Verwirrung und Freude.

*

Die Menschen sind wirklich sehr gut mit mir. Sie verzeihn es mir nicht nur, daß ich so oft keinen Teil nehme und dann mit einemmale ihr Gespräch auf eine sonderbare Art unterbreche: sie scheinen sich sogar in der Stille an meiner Freude herzlich zu freuen. Besonders Juliane. Ich sage ihr nur weniges von dir, aber sie hat viel Sinn dafür und errät das übrige. Es gibt doch nichts Liebenswürdigeres als das reine uneigennützige Wohlgefallen an der Liebe!

Ich glaube freilich, ich würde jetzt meine Freunde hier lieben, wenn sie auch weniger vortreffliche Menschen wären. Ich fühle eine große Veränderung in meinem Wesen: eine allgemeine Weichheit und süße Wärme in allen Vermögen der Seele und des Geistes, wie die schöne Ermattung der Sinne die auf das höchste Leben folgt.

Und doch ist's nichts weniger als Weichlichkeit. Vielmehr weiß ich, daß ich alles was meines Berufs ist, von nun an mit größerer Liebe und frischer Kraft treiben werde. Ich fühlte nie mehr Zuversicht und Mut, als Mann unter Männern zu wirken, ein heldenmäßiges Leben zu beginnen und auszuführen und mit Freunden verbrüdert für die Ewigkeit zu handeln.

Das ist meine Tugend; so ziemt es mir, den Göttern ähnlich zu werden. Die deinige ist es, gleich der Natur als Priesterin der Freude das Geheimnis der Liebe leise zu offenbaren und in der Mitte würdiger Söhne und Töchter das schöne Leben zu einem heiligen Fest zu weihen.

*

Ich mache mir oft Sorge über deine Gesundheit. Du kleidest dich gar zu leicht und liebst die Abendluft! Das sind gefährliche Gewohnheiten, die du wie manche andre ablegen mußt.

Denke, daß eine neue Ordnung der Dinge für dich beginnt. Bisher hieß ich deinen Leichtsinn schön, weil er an der Zeit war und zum Ganzen stimmte. Ich fand es weiblich, wenn du mit dem Glück scherzen, und alle Rücksichten zerreißen und ganze Massen deines Lebens oder deiner Umgebung vernichten konntest.

Nun ist aber etwas da, worauf du immer Rücksicht nehmen, worauf du alles beziehen wirst. Nun mußt du dich allmählich zur Ökonomie bilden, versteht sich im allegorischen Sinn.

*

In diesem Brief geht alles recht bunt durcheinander, wie im menschlichen Leben Gebet und Essen, Schelmerei und Entzücken. Nun gute Nacht. – Ach warum kann ich nicht wenigstens im Traume bei dir sein, wirklich mit dir und in dir träumen! Denn wenn ich bloß von dir träume, ist's doch immer nur allein. – Du willst wissen, warum du nicht von mir träumst, da du doch so viel an mich denkst? Liebe! schweigst du nicht auch oft lange über mich?

*

Amaliens Brief hat mir große Freude gemacht. Freilich seh' ich aus dem schmeichelnden Ton, daß sie mich nicht von den Männern ausnimmt, die der Schmeichelei bedürfen. Ich verlange das auch gar nicht. Es wäre unbillig zu fodern, daß sie meinen Wert auf unsre Weise anerkennen soll. Genug, daß *eine* mich ganz kennt! – Sie erkennt ihn ja auf ihre Art so schön! – Sollte sie wohl wissen, was *Anbetung* ist? Ich zweifle daran und bedaure sie, wenn sie es nicht weiß. Du nicht auch?

*

Heute fand ich in einem französischen Buche von zwei Liebenden den Ausdruck: „Sie waren einer dem andern das Universum." –

Wie fiel mir's auf, rührend und zum Lächeln, daß, was da so gedankenlos stand, bloß als eine Figur der Übertreibung, in uns buchstäblich wahr geworden sei!

Eigentlich ist's zwar auch für so eine französische Passion buchstäblich wahr. Sie finden das Universum einer in dem andern, weil sie den Sinn für alles andre verlieren.

Nicht so wir. Alles, was wir sonst liebten, lieben wir nun noch wärmer. Der Sinn für die Welt ist uns recht aufgegangen. Du hast durch mich die Unendlichkeit des menschlichen Geistes kennen gelernt, und ich habe durch dich die Ehe und das Leben begriffen, und die Herrlichkeit aller Dinge.

Alles ist beseelt für mich, spricht zu mir und alles ist heilig. Wenn man sich so liebt wie wir, kehrt auch die Natur im Menschen zu ihrer ursprünglichen Göttlichkeit zurück. Die Wollust wird in der einsamen Umarmung der Liebenden wieder, was sie im großen Ganzen ist – das heiligste Wunder der Natur; und was für andre nur etwas ist, dessen sie sich mit Recht schämen müssen, wird für uns wieder, was es an und für sich ist, das reine Feuer der edelsten Lebenskraft.

*

Drei Dinge wird unser Kind gewiß haben: viel Mutwillen, ein ernsthaftes Gesicht und etwas Anlage zur Kunst. Alles andre erwarte ich mit stiller Ergebung. Sohn oder Tochter, darüber kann ich keinen bestimmten Wunsch haben. Aber über die Erziehung habe ich schon unsäglich viel gedacht, nämlich, wie wir unser Kind vor aller Erziehung sorgfältig bewahren wollen; vielleicht mehr als drei vernünftige Väter denken und sorgen, um ihre Nachkommenschaft gleich von der Wiege in lauter Sittlichkeit einzuschnüren.

Ich habe einige Entwürfe gemacht, die dir gefallen werden. Auf dich ist sehr dabei gerechnet. Nur mußt du die Kunst nicht vernachlässigen! – Würdest du für deine Tochter, wenn es eine Tochter wäre, lieber das Portrait oder die Landschaft wählen? –

*

Du Törin mit deinen äußerlichen Dingen! Du willst wissen, was mich umgibt, wo, wann und wie ich alles tue, lebe und bin? – Sieh doch um dich, auf dem Stuhl neben dir, in deinen Armen, an deinem Herzen, da lebe und bin ich. Trifft dich nicht der Strahl des Verlangens, und schleicht mit süßer Wärme bis an dein Herz, bis an den Mund, wo es in Küssen überströmen möchte? –

Nun rühmst du dich noch gar, daß du immer innerlich an mich schriebst und ich nur oft, du Sylbenstecherin! Erstlich denke ich immer so an dich, wie du es beschreibst, daß ich neben dir gehe, dich sehe, höre, spreche. Dann aber auch noch anders, besonders wenn ich des Nachts aufwache.

*

Wie kannst du nur an der Würdigkeit und Göttlichkeit deiner Briefe zweifeln! Der letzte blickt und leuchtet aus hellen Augen; es ist nicht Schrift sondern Gesang. –

Ich glaube, wenn ich noch einige Monate fern von dir wäre, würde dein Styl sich völlig ausbilden. Indessen finde ich es doch ratsamer, daß wir den Styl und das Schreiben nun lassen und die schönsten und höchsten Studien nicht länger aussetzen, und ich bin so ziemlich entschlossen, in acht Tagen schon zu reisen.

Zweiter Brief

Es ist sonderbar, daß der Mensch sich nicht vor sich selbst fürchtet. Die Kinder haben recht, daß sie so neugierig und doch so bange in die Gesellschaft der unbekannten Geister hineinblicken. Jeder einzelne Atom der ewigen Zeit kann eine Welt von Freude fassen, aber sich auch zu einem unermeßlichen Abgrund von Leiden und Schrecken öffnen. Ich begreife nun das alte Märchen von dem Manne, welchen ein Zauberer in wenigen Augenblicken viele Jahre durchleben ließ: denn ich habe die furchtbare Allmacht der Fantasie an mir selbst erfahren.

Seit dem letzten Briefe deiner Schwester – es sind nun drei Tage – habe ich die Schmerzen eines ganzen Menschenlebens gefühlt, von dem Sonnenlicht der glühenden Jugend, bis zum blassen Mondschein des weißen Alters.

Jeder kleine Umstand, den sie mir von deiner Krankheit schrieb, bestätigte mich, mit dem was ich in der vorigen von dem Arzt gehört und selbst beobachtet hatte, in dem Gedanken, sie sei weit gefährlicher, als ihr wüßtet, ja eigentlich nicht mehr gefährlich, sondern entschieden. In diesen Gedanken verloren, alle Kräfte durch die Unmöglichkeit, aus der weiten Ferne zu dir zu eilen, gelähmt, war mein Zustand wirklich sehr trostlos. Erst jetzt weiß ich's recht, wie er war, da ich durch die fröhliche Botschaft deiner Gesundheit wiedergeboren bin. Denn gesund bist du nun, so gut als völlig gesund. Das schließe ich aus allen Berichten mit eben der Zuversicht, mit der ich vor wenigen Tagen das Todesurteil über uns aussprach.

Ich dachte es mir gar nicht als noch künftig oder als geschehe es jetzt. Alles war vergangen; schon lange warst du im Schoß der kühlen Erde verhüllt, Blumen keimten allmählich auf dem geliebten Grabe, und meine Tränen flossen schon milder. Stumm und einsam stand ich und sah nichts als die geliebten Züge und die süßen Blitze der sprechenden Augen. Unbeweglich blieb dieses Bild vor mir, nur trat bisweilen das bleiche Gesicht des letzten Lächelns und des letzten Schlummers leise an die Stelle, oder plötzlich verwirrten sich die verschiedenen Erinnerungen. Mit unglaublicher Schnelle veränderten sich die Umrisse, kehrten zur ersten Gestalt zurück, und verwandelten sich von neuem, bis der überspannten Einbildung alles verschwand. Nur deine heiligen Augen blieben im leeren

Raum und standen unbeweglich da, wie die freundlichen Sterne ewig über unsrer Armut schimmern. Unverrückt schaute ich nach den schwarzen Lichtern, die mit bekanntem Lächeln in die Nacht meiner Trauer winkten. Bald brannte ein stechender Schmerz aus dunklen Sonnen mit unerträglichem Blenden, bald schwebte und floß ein schöner Glanz, als wollte er mich locken. Da war es, als wehte eine frische Morgenluft mich an, ich warf mein Haupt in die Höhe, und es rief laut in mir: „Warum sollst du dich quälen, in wenigen Augenblicken kannst du ja bei ihr sein."

Schon eilte ich, dir zu folgen, aber plötzlich hielt mich ein neuer Gedanke an, und ich sagte zu meinem Geist: „Unwürdiger, du kannst nicht einmal die kleinen Dissonanzen dieses mittelmäßigen Lebens ertragen und du hältst dich schon für ein höheres reif und würdig? Gehe hin zu leiden und zu tun was dein Beruf ist, und melde dich wieder, wenn deine Aufträge vollendet sind." – Ist es nicht auch dir auffallend, wie alles auf dieser Erde nach der Mitte strebt, wie so ordentlich alles ist, wie so unbedeutend und kleinlich? So schien es mir stets; daher vermute ich – und ich habe dir diese Vermutung, wenn ich nicht irre, schon einmal mitgeteilt, – daß unser nächstes Dasein größer, im Guten wie im Schlechten kräftiger, wilder, kühner, ungeheurer sein wird.

Die Pflicht zu leben hatte gesiegt, und ich war wieder in dem Gewühl des Lebens und der Menschen, ihrer und meiner ohnmächtigen Handlungen und fehlervollen Werke. Da befiel mich Entsetzen, wie wenn ein Sterblicher sich in der Mitte unabsehlicher Eisgebirge plötzlich allein fände. Alles war mir kalt und fremd und selbst die Träne gefror.

Wunderliche Welten erschienen und schwanden mir im ängstlichen Traum. Ich war krank und litt viel, aber ich liebte meine Krankheit und hieß selbst den Schmerz willkommen. Ich haßte alles Irdische und freute mich, daß es bestraft und zerrüttet würde; ich fühlte mich so allein und so sonderbar, und wie ein zarter Geist oft mitten im Schoß des Glücks über seine eigne Freude wehmütig wird, und uns grade auf dem Gipfel des Daseins das Gefühl seiner Nichtigkeit überfällt, so schaute ich mit geheimer Lust auf meinen Schmerz. Er ward mir zum Sinnbilde des allgemeinen Lebens, ich glaubte die ewige Zwietracht zu fühlen und zu sehen, durch die alles wird und existiert, und die schönen Gestalten der ruhigen Bildung schienen mir tot und klein gegen diese ungeheure Welt von unendlicher Kraft, und von unendlichem Kampf und Krieg bis in die verborgensten Tiefen des Daseins.

Durch dieses sonderbare Gefühl ward die Krankheit zu einer eignen Welt in sich vollendet und gebildet. Ich fühlte, ihr geheimnisreiches Leben sei voller und tiefer als die gemeine Gesundheit der eigentlich träumenden Nachtwandler um mich her. Und mit der Kränklichkeit, die mir gar nicht unangenehm war, blieb mir auch dieses Gefühl und sonderte mich völlig ab von den Menschen, wie mich von der Erde der Gedanke trennte, dein Wesen und meine Liebe sei zu heilig gewesen, um nicht ihr und ihren groben Banden flüchtig zu enteilen. Es sei alles gut so und dein notwendiger Tod nichts als ein sanftes Erwachen nach leisem Schlummer.

Auch ich glaubte zu wachen, wenn ich dein Bild anschaute, das sich immer mehr zu einer heitern Reinheit und Allgemeinheit verklärte. Ernst und doch liebreizend, ganz Du und doch nicht mehr Du, die göttliche Gestalt umschienen von wunderbarem Glanz. Bald war es wie der furchtbare Lichtstrahl der sichtbaren Allmacht und bald ein freundlicher Schimmer goldener Kindheit. Mit langen stillen Zügen sog mein Geist aus der Quelle der kühlen reinen Glut, sich heimlich berauschend, und in dieser seligen Trunkenheit fühlte ich eine geistliche Würde eigner Art, weil mir in der Tat jede weltliche Gesinnung ganz fremde war und mich niemals das Gefühl verließ, daß ich dem Tode geweiht sei.

Langsam flossen die Jahre und mühevoll trat eine Tat nach der andern, ein Werk und dann wieder eines an sein Ziel, das so wenig das meinige war als ich jene Taten und Werke für das was sie heißen nahm. Es waren mir nur heilige Sinnbilder, alles Beziehungen auf die eine Geliebte, die die Mittlerin war zwischen meinem zerstückten Ich und der unteilbaren ewigen Menschheit; das ganze Dasein ein steter Gottesdienst einsamer Liebe.

Endlich nahm ich wahr, das sei nun das letzte. Die Stirn war nicht mehr glatt und die Locken wurden bleich. Meine Laufbahn war geendigt aber nicht vollendet. Die beste Kraft des Lebens war dahin und noch stand die

Kunst und die Tugend ewig unerreichbar vor mir. Ich wäre verzweifelt, hätte ich nicht beide in Dir gesehn und vergöttert, holdselige Madonna! und Dich und Deine milde Göttlichkeit in mir.

Da erschienst Du mir bedeutend und winktest tödlich. Schon ergriff mich ein herzliches Verlangen nach Dir und nach der Freiheit; ich sehnte mich nach dem geliebten alten Vaterlande und wollte eben den Staub der Reise von mir schütteln, als ich wieder ins Leben gerufen ward durch das Verheißen und die Gewißheit Deiner Genesung.

Nun ward ich meines wachen Traumes inne, erschrak über alle die bedeutenden Beziehungen und Ähnlichkeiten und stand ängstlich an dem unsichtbaren Abgrund dieser innern Wahrheit.

Weißt Du was mir am meisten klar dadurch geworden ist? – Zuerst, daß ich Dich vergöttre, und daß es gut ist, daß ich so tue. Wir beide sind eins und nur dadurch wird der Mensch zu einem und ganz er selbst wenn er sich auch als Mittelpunkt des Ganzen und Geist der Welt anschaut und dichtet. Doch warum dichtet, da wir den Keim zu allem in uns finden und doch ewig nur ein Stück von uns selbst bleiben?

Und dann weiß ich's nun, daß der Tod sich auch schön und süß fühlen läßt. Ich begreife, wie das freie Gebildete sich in der Blüte aller Kräfte nach seiner Auflösung und Freiheit mit stiller Liebe sehnen und den Gedanken der Rückkehr freudig anschauen kann wie eine Morgensonne der Hoffnung.

Eine Reflexion

Es ist meinem Gemüt nicht selten sonderbar aufgefallen, wie verständige und würdige Menschen mit nie ermüdender Industrie und mit so großem Ernst das kleine Spiel in ewigem Kreislauf immer von neuem wiederholen können, welches doch offenbar weder Nutzen bringt noch sich einem Ziele nähert, obgleich es das früheste aller Spiele sein mag.

Dann fragte mein Geist, was wohl die Natur, die überall so viel denkt, die List im Großen treibt und statt witzig zu reden, gleich witzig handelt, bei jenen naiven Andeutungen denken mag, welche gebildete Redner nur durch ihre Namenlosigkeit benennen.

Und diese Namenlosigkeit selbst ist von zweideutiger Bedeutung. Je verschämter und je moderner man ist, je mehr wird es Mode sie aufs Schamlose zu deuten. Für die alten Götter hingegen hat alles Leben eine gewisse klassische Würde und so auch die unverschämte Heldenkunst lebendig zu machen. Die Menge solcher Werke und die Größe der Erfindungskraft in ihr bestimmt Rang und Adel im Reiche der Mythologie.

Diese Zahl und diese Kraft sind gut, aber sie sind nicht das Höchste. Wo schlummert also das ersehnte Ideal verborgen? Oder findet das strebende Herz in der höchsten aller darstellenden Künste ewig nur andre Manieren und nie einen vollendeten Styl?

Das Denken hat die Eigenheit, daß es nächst sich selbst am liebsten über das denkt, worüber es ohne Ende denken kann. Darum ist das Leben des gebildeten und sinnigen Menschen ein stetes Bilden und Sinnen über das schöne Rätsel seiner Bestimmung. Er bestimmt sie immer neu, denn eben das ist seine ganze Bestimmung, bestimmt zu werden und zu bestimmen. Nur in seinem Suchen selbst findet der Geist des Menschen das Geheimnis welches er sucht.

Was ist denn aber das Bestimmende oder das Bestimmte selbst? In der Männlichkeit ist es das Namenlose. Und was ist das Namenlose in der Weiblichkeit? – das Unbestimmte.

Das Unbestimmte ist geheimnisreicher, aber das Bestimmte hat mehr Zauberkraft. Die reizende Verwirrung des Unbestimmten ist romantischer, aber die erhabene Bildung des Bestimmten ist genialischer. Die Schönheit des Unbestimmten ist vergänglich wie das Leben der Blumen und wie die ewige Jugend sterblicher Gefühle; die Energie des Bestimmten ist vorübergehend wie das echte Ungewitter und die echte Begeisterung.

Wer kann messen und wer kann vergleichen was eines wie das andre unendlichen Wert hat, wenn beides verbunden ist in der wirklichen Bestimmung, die bestimmt ist, alle Lücken zu ergänzen und Mittlerin zu sein zwischen dem männlichen und weiblichen Einzelnen und der unendlichen Menschheit?

Das Bestimmte und das Unbestimmte und die ganze Fülle ihrer bestimmten und unbestimmten Beziehungen; das ist das Eine und Ganze, das ist das Wunderlichste und doch das Einfachste, das Einfachste und doch das Höchste. Das Universum selbst ist nur ein Spielwerk des Bestimmten und des Unbestimmten und das wirkliche Bestimmen des Bestimmbaren ist eine allegorische Miniatur auf das Leben und Weben der ewig strömenden Schöpfung.

Mit ewig unwandelbarer Symmetrie streben beide auf entgegengesetzten Wegen sich dem Unendlichen zu nähern und ihm zu entfliehen. Mit leisen aber sichern Fortschritten erweitert das Unbestimmte seinen angebornen Wunsch aus der schönen Mitte der Endlichkeit ins Grenzenlose. Das vollendete Bestimmte hingegen wirft sich durch einen kühnen Sprung aus dem seligen Traum des unendlichen Wollens in die Schranken der endlichen Tat und nimmt sich selbst verfeinernd immer zu an großmütiger Selbstbeschränkung und schöner Genügsamkeit.

Auch in dieser Symmetrie offenbart sich der unglaubliche Humor, mit dem die konsequente Natur ihre allgemeinste und einfachste Antithese durchführt. Selbst in der zierlichsten und künstlichsten Organisation zeigen sich diese komischen Spitzen des großen Ganzen mit schalkhafter Bedeutsamkeit wie ein verkleinertes Portrait und geben aller

Individualität, die allein durch sie und den Ernst ihrer Spiele entstehet und bestehet, die letzte Rundung und Vollendung.

Durch diese Individualität und jene Allegorie blüht das bunte Ideal witziger Sinnlichkeit aus dem Streben nach dem Unbedingten.

Nun ist alles klar! Daher die Allgegenwart der namenlosen unbekannten Gottheit. Die Natur selbst will den ewigen Kreislauf immer neuer Versuche; und sie will auch, daß jeder einzelne in sich vollendet einzig und neu sei, ein treues Abbild der höchsten unteilbaren Individualität.

Sich vertiefend in diese Individualität nahm die Reflexion eine so individuelle Richtung, daß sie bald anfing aufzuhören und sich selbst zu vergessen.

*

„Was sollen mir diese Anspielungen, die mit unverständlichem Verstand nicht an der Grenze sondern bis in die Mitte der Sinnlichkeit nicht spielen sondern widersinnig streiten?"

So wirst Du und würde Juliane zwar nicht sagen aber doch gewiß fragen.

Liebe Geliebte! darf der volle Blumenstrauß nur sittsame Rosen, stille Vergißmeinnicht und bescheidne Veilchen zeigen, und was sonst mädchenhaft und kindlich blüht, oder auch alles andre was in bunter Glorie sonderbar strahlt?

Die männliche Ungeschicklichkeit ist ein mannigfaltiges Wesen und reich an Blüten und Früchten jeder Art. Gönne selbst der wunderlichen Pflanze, die ich nicht nennen will, ihre Stelle. Sie dient wenigstens zur Folie für die hellbrennende Granate und die lichten Orangen. Oder soll es etwa statt dieser bunten Fülle nur eine vollkommne Blume geben, welche alle Schönheiten der übrigen vereint und ihr Dasein überflüssig macht?

Ich entschuldige nicht, was ich lieber sogleich noch einmal tun will, mit vollem Zutrauen auf Deinen objektiven Sinn für die Kunstwerke der Ungeschicklichkeit, welche den Stoff zu dem was sie bilden will, oft nicht ungern von der männlichen Begeisterung entlehnt.

Es ist ein zärtliches Furioso und ein kluges Adagio der Freundschaft: Du wirst Verschiednes daraus lernen können: daß Männer mit ungemeiner Delikatesse zu hassen verstehn, wie ihr zu lieben; daß sie dann einen Zank, wenn er vollendet ist, in eine Distinktion umbilden, und daß Du so viele Anmerkungen darüber machen darfst als Dir gefällig ist.

Julius an Antonio

I.

Du hast Dich sehr verändert seit einiger Zeit! Sieh Dich vor Freund, daß der Sinn für das Große Dir nicht abhanden kommt, ehe Du es gewahr wirst. Was soll das geben? Du wirst endlich so viel Zartheit und Feinheit ansetzen, daß Herz und Gefühl drauf geht. Wo bleibt da die Männlichkeit und handelnde Kraft? – Ich werde noch dahin kommen, Dir zu tun wie Du mir tust, seit wir nicht mehr mit einander sondern neben einander leben. Ich werde Dir Grenzen setzen müssen und sagen, wenn er auch Sinn für alles hat, was sonst schön ist, so fehlt ihm doch der eine für die Freundschaft. Doch werde ich den Freund und sein Tun und Lassen nie moralisch kritisieren; wer das kann, der verdient nicht das hohe seltne Glück einen zu haben.

Daß Du Dich zuerst an Dir selbst vergreifst, macht die Sache nur schlimmer. Sage mir im Ernst, suchst Du die Tugend in diesen kühlen Spitzfindigkeiten des Gefühls, in diesen Kunstübungen des Gemüts, die den Menschen aushöhlen und am vollen Mark seines Lebens zehren?

Schon lange war ich ergeben und still. Ich zweifelte gar nicht, daß Du, da Du so vieles weißt, auch wohl die Ursachen wissen würdest durch die unsre Freundschaft untergegangen ist. Fast scheint es ich habe mich geirrt, da Du so erstaunen konntest, daß ich mich ganz an Eduard anschließen will, da Du gleichsam nicht begreifend zu fragen scheinst, wodurch Du mich denn beleidigt hättest. Wenn es nur das wäre, nur etwas einzelnes, dann wäre es den Mißlaut einer solchen Frage nicht wert, dann würde sich's von selbst beantworten und ausgleichen. Ist es aber nicht mehr wenn ich bei jeder Veranlassung es immer wieder als Entweihung fühlen muß, daß ich Dir alles von Eduard wie es vorfiel, mitteilte? Getan hast Du freilich nichts gegen ihn, auch nicht laut gesagt: aber ich weiß und sehe recht gut wie Du denkst. Und wenn ich es nicht wüßte und sähe, was wäre denn die unsichtbare Gemeinschaft unsrer Geister und die schöne Magie dieser Gemeinschaft? – Es kann Dir gewiß nicht einfallen, Dich hier noch länger zurückziehen und durch bloße Feinheit das Mißverständnis in Nichts auflösen zu wollen: denn sonst hätte auch ich wirklich nichts weiter zu sagen.

Unstreitig seid ihr durch eine ewige Kluft geschieden. Die ruhige klare Tiefe Deines Wesens, und der heiße Kampf seines rastlosen Lebens liegen an den entgegengesetzten Enden des menschlichen Daseins. Er ist ganz Handlung, Du bist eine fühlende und beschauende Natur. Darum solltest Du eben Sinn für alles haben und hast ihn auch, wo Du Dich nicht selbst absichtlich verschließest. Und das verdrüßt mich eigentlich. Möchtest Du den Herrlichen lieber hassen als verkennen! – Aber wohin soll es führen, wenn man sich unnatürlich gewöhnt, das wenige Große und Schöne was noch etwa da ist, so gemein zu nehmen, als es der Scharfsinn nur immer nehmen kann, ohne die Ansprüche auf den Sinn aufzugeben? – Was man überall sehn will, muß man endlich selbst werden.

Ist das die gerühmte Vielseitigkeit? – Freilich beobachtest du dabei den Grundsatz der Gleichheit, und einem geht's nicht viel besser wie dem andern; nur daß jeder auf eine eigne Art verkannt wird. Hast Du nicht auch mein Gefühl gezwungen über das was ihm das Heiligste ist ewig zu schweigen gegen Dich wie gegen jeden andern? Und das darum, weil Du Dein Urteil nicht schweigen lassen konntest bis es Zeit war, und weil Dein Verstand überall Grenzen erdichtet, ehe er seine eigenen finden kann. Du hast mich beinah in den Fall gebracht, Dir auseinandersetzen zu müssen, wie groß eigentlich mein Wert sei, wie viel richtiger und sichrer Du gegangen sein würdest, wenn Du dann und wann nicht geurteilt sondern geglaubt, wenn Du hie und da in mir ein unbekanntes Unendliches vorausgesetzt hättest.

Freilich ist meine eigne Nachlässigkeit an allem schuld. Vielleicht war's auch Eigensinn, daß ich die ganze Gegenwart mit Dir teilen wollte, und Dich über Vergangenheit und Zukunft doch nicht belehrte. Ich weiß nicht, es widerstand meinem Gefühl, auch hielt ich's für überflüssig, denn ich traute Dir in der Tat unendlich viel Verstand zu.

O Antonio, wenn ich an ewigen Wahrheiten zweifeln könnte, so hättest Du mich dahin gebracht, jene stille schöne Freundschaft, die auf der bloßen Harmonie des Seins und Zusammenseins beruht, für etwas Falsches und Verkehrtes zu halten!

Ist es nun noch unbegreiflich wenn ich mich ganz auf die andre Seite werfe? – Ich entsage dem zarten Genuß und stürze mich in den wilden Kampf des Lebens. Ich eile zu Eduard. Alles ist verabredet. Wir wollen nicht bloß zusammen leben, sondern im brüderlichen Bunde vereint wirken und handeln. Er ist rauh und herbe, seine Tugend ist mehr kräftig als empfindsam: aber er hat ein männliches großes Herz, und in jedem bessern Zeitalter wäre er, das sage ich kühn, ein Held gewesen.

II.

Es ist wohl schön, daß wir endlich einmal wieder miteinander gesprochen haben; ich bin es auch zufrieden, daß Du durchaus nicht schreiben wolltest, und auf die armen unschuldigen Buchstaben schiltst, weil Du wirklich zum Sprechen mehr Genie hast. Aber ich habe doch noch eins und das andre auf dem Herzen, was ich nicht sagen konnte und was ich versuchen will, Dir brieflich anzudeuten.

Warum aber auf diesem Wege? – O mein Freund, wenn ich nur noch ein feineres gebildeteres Element der Mitteilung wüßte, um das was ich möchte, in zarter Hülle leise aus der Ferne zu sagen! Das Gespräch ist mir zu laut und zu nah und auch zu einzeln. Diese einzelnen Worte geben immer wieder nur eine Seite, ein Stück von dem Zusammenhange, von dem Ganzen, das ich in seiner vollen Harmonie andeuten möchte.

Und können Männer die zusammen leben wollen, zu zart gegen einander in ihrem Umgange sein? – Es ist nicht als ob ich befürchtete, etwas zu Heftiges zu sagen, und daß ich darum gewisse Personen und gewisse Gegenstände in unserm Gespräch vermied. Darüber, denke ich, ist ja wohl die Grenzscheidung zwischen uns auf immer vernichtet!

Was ich Dir noch sagen wollte, ist etwas ganz Allgemeines; und doch wähle ich lieber diesen Umweg. Ich weiß nicht ob es eine falsche oder eine wahre Delikatesse ist, aber es würde mir schwer fallen, viel von der Freundschaft mit Dir zu reden von Angesicht zu Angesicht.

Und doch sind's Gedanken über diese, die ich Dir sagen muß. Die Anwendung – und auf die kommt es am meisten an – wirst Du leicht selbst machen können.

Für mein Gefühl gibt's zwei Arten von Freundschaft.

Die erste ist ganz äußerlich. Unersättlich eilt sie von Tat zu Tat und nimmt jeden würdigen Mann auf in den großen Bund vereinter Helden, schlingt den alten Knoten durch jede Tugend fester, und trachtet stets neue Brüder zu gewinnen; je mehr sie hat, je mehr begehrt sie.

Erinnre Dich an die Vorwelt und Du wirst diese Freundschaft, die den redlichen Krieg gegen alles Böse, wenn es auch in uns oder im Geliebten wäre, kämpft, überall finden, wo die edle Kraft in großen Massen wirkt und Welten bildet oder beherrscht.

Jetzt sind andre Zeiten, aber das Ideal dieser Freundschaft wird in mir sein, so lange wie ich selbst sein werde.

Die andre Freundschaft ist ganz innerlich. Eine wunderbare Symmetrie des Eigentümlichsten, als wenn es vorher bestimmt wäre, daß man sich überall ergänzen sollte. Alle Gedanken und Gefühle werden gesellig durch die gegenseitige Anregung und Ausbildung des Heiligsten. Und diese reingeistige Liebe, diese schöne Mystik des Umgangs schwebt nicht bloß als fernes Ziel vor einem vielleicht vergeblichen Streben. Nein, sie ist nur vollendet zu finden. Auch hat da keine Täuschung statt, wie bei jener andern heroischen. Ob die Tugend eines Mannes Stich hält, muß die Tat lehren. Aber wer selbst in seinem Innern die Menschheit und die Welt fühlt und sieht, der wird nicht leicht allgemeinen Sinn und allgemeinen Geist da suchen können wo er nicht ist.

Zu dieser Freundschaft ist nur fähig, wer in sich ganz ruhig wurde und in Demut die Göttlichkeit des andern zu ehren weiß.

Haben die Götter einem Menschen eine solche Freundschaft geschenkt, so kann er weiter nichts, als sie mit Sorge vor allem was äußerlich ist bewahren und das heilige Wesen schonen. Denn vergänglich ist die zarte Blüte.

Sehnsucht und Ruhe

Leicht bekleidet standen Lucinde und Julius am Fenster im Pavillon, erfrischten sich an der kühlen Morgenluft und waren verloren im Anschaun der aufsteigenden Sonne, die von allen Vögeln mit munterem Gesang begrüßt ward.

Julius, fragte Lucinde, warum fühle ich in so heitrer Ruhe die tiefe Sehnsucht? – Nur in der Sehnsucht finden wir die Ruhe, antwortete Julius.

Ja die Ruhe ist nur das, wenn unser Geist durch nichts gestört wird, sich zu sehnen und zu suchen, wo er nichts Höheres finden kann als die eigne Sehnsucht.

Nur in der Ruhe der Nacht, sagte Lucinde, glüht und glänzt die Sehnsucht und die Liebe hell und voll wie diese herrliche Sonne. – Und am Tage, erwiderte Julius, schimmert das Glück der Liebe blaß, so wie der Mond nur sparsam leuchtet. – Oder es erscheint und schwindet plötzlich ins allgemeine Dunkel, fügte Lucinde an, wie jene Blitze, die uns das Gemach erhellten, da der Mond verhüllt war.

Nur in der Nacht singt Klagen, sprach Julius, die kleine Nachtigall und tiefe Seufzer. Nur in der Nacht eröffnet sich die Blume schüchtern und atmet frei den schönsten Duft, um Geist und Sinne in gleicher Wonne zu berauschen. Nur in der Nacht, Lucinde, strömet tiefe Liebesglut und kühne Rede göttlich von den Lippen, die im Geräusch der Tage ihr süßes Heiligtum mit zartem Stolz verschließen.

Lucinde: Nicht ich, mein Julius, bin die die Du so heilig malst; obschon ich klagen möchte wie die Nachtigall, und, wie ich innig fühle, nur der Nacht geweiht bin. Du bist's, es ist die Wunderblume Deiner Fantasie, die Du in mir, die ewig Dein ist, dann erblickst, wenn das Gewühl verhüllt ist und nichts Gemeines Deinen hohen Geist zerstreut.

Julius: Laß die Bescheidenheit und schmeichle nicht. Gedenke, Du bist die Priesterin der Nacht. Im Strahl der Sonne selbst verkündigt's der dunkle Glanz der vollen Locken, der ernsten Augen lichtes Schwarz, der hohe Wuchs, die Majestät der Stirn und aller edlen Glieder.

Lucinde: Die Augen sinken, indem Du rühmst, weil jetzt der laute Morgen blendet, und lust'ger Vögel buntes Lied die Seele stört und schreckt. Sonst möchte wohl das Ohr in stiller dunkler Abendkühle des süßen Freundes süße Rede gierig trinken.

Julius: Es ist nicht eitle Fantasie. Unendlich ist nach Dir und ewig unerreicht mein Sehnen.

Lucinde: Sei's was es sei, Du bist der Punkt in dem mein Wesen Ruhe findet.

Julius: Die heil'ge Ruhe fand ich nur in jenem Sehnen, Freundin.

Lucinde: Und ich in dieser schönen Ruhe jene heil'ge Sehnsucht.

Julius: Ach, daß das harte Licht den Schleier heben darf, der diese Flammen so verhüllte, daß der Sinne Scherz die heiße Seele kühlend lindern mochte!

Lucinde: So wird einst ewig kalter ernster Tag des Lebens warme Nacht zerreißen, wenn Jugend flieht und wenn ich Dir entsage wie Du der großen Liebe größer einst entsagtest.

Julius: Daß ich doch Dir die unbekannte Freundin zeigen dürfte und ihr das Wunder meines wunderbaren Glücks.

Lucinde: Du liebst sie noch und wirst sie ewig mein auch ewig lieben. Das ist das große Wunder Deines wunderbaren Herzens.

Julius: Nicht wunderbarer als das Deine. Ich sehe Dich an meine Brust gelehnt mit Deines Guido Locke spielen; uns beide brüderlich vereint die würd'ge Stirn mit ew'gen Freudekränzen zieren.

Lucinde: Laß ruhn in Nacht, reiß nicht ans Licht, was in des Herzens stiller Tiefe heilig blüht.

Julius: Wo mag des Lebens Woge mit dem Wilden scherzen, den zart Gefühl und wildes Schicksal heftig fortriß in die herbe Welt?

Lucinde: Verklärt und einzig glänzt der hohen Unbekannten reines Bild am blauen Himmel Deiner reinen Seele.

Julius: O ew'ge Sehnsucht! – Doch endlich wird des Tages fruchtlos Sehnen, eitles Blenden sinken und erlöschen, und eine große Liebesnacht sich ewig ruhig fühlen.

Lucinde: So fühlt sich, wenn ich sein darf wie ich bin, das weibliche Gemüt in liebeswarmer Brust. Es sehnt sich nur nach Deinem Sehnen, ist ruhig wo Du Ruhe findest.

Tändeleien der Fantasie

Durch die schweren lauten Anstalten zum Leben wird das zarte Götterkind Leben selbst verdrängt und jämmerlich erstickt in der Umarmung der nach Affenart liebenden Sorge.

Absichten haben, nach Absichten handeln, und Absichten mit Absichten zu neuer Absicht künstlich verweben; diese Unart ist so tief in die närrische Natur des gottähnlichen Menschen eingewurzelt, daß er sich's nun ordentlich vorsetzen und zur Absicht machen muß, wenn er sich einmal ohne alle Absicht, auf dem innern Strom ewig fließender Bilder und Gefühle frei bewegen will.

Es ist der Gipfel des Verstandes, aus eigner Wahl zu schweigen, die Seele der Fantasie wiederzugeben und die süßen Tändeleien der jungen Mutter mit ihrem Schoßkinde nicht zu stören.

Aber so verständig ist der Verstand nach dem goldnen Zeitalter seiner Unschuld nur sehr selten. Er will die Seele allein besitzen; auch wenn sie wähnt allein zu sein mit ihrer angebornen Liebe, lauscht er im Verborgnen und schiebt an die Stelle der heiligen Kinderspiele nur Erinnerung an ehemalige Zwecke oder Aussichten auf künftige. Ja er weiß den hohlen kalten Täuschungen einen Anstrich von Farbe und eine flüchtige Hitze zu geben und will durch seine nachahmende Kunst der arglosen Fantasie ihr eigenstes Wesen rauben.

Aber die jugendliche Seele läßt sich durch die Arglist des Altklugen nicht betören, und immer sieht sie den Liebling spielen mit den schönen Bildern der schönen Welt. Willig läßt sie ihre Stirn umflechten von den Kränzen, die das Kind aus den Blüten des Lebens flicht, und willig läßt sie sich in wachen Schlummer sinken, Musik der Liebe träumend, und geheimnisvoll freundliche Götterstimmen vernehmend, wie die einzelnen Laute einer fernen Romanze.

Alte wohlbekannte Gefühle tönen aus der Tiefe der Vergangenheit und Zukunft. Leise nur berühren sie den lauschenden Geist und schnell verlieren sie sich wieder in den Hintergrund verstummter Musik und dunkler Liebe. Alles liebt und lebt, klaget und freut sich in schöner Verwirrung. Hier öffnen sich am rauschenden Fest die Lippen aller Fröhlichen zu allgemeinem Gesange; und hier verstummt das einsame Mädchen vor dem Freunde, dem sie sich vertrauen möchte und versagt den Kuß mit lächelndem Munde. Gedankenvoll streue ich Blumen auf das Grab des zu früh entschlafnen Sohnes, die ich bald voll Freude und voll Hoffnung der Braut des geliebten Bruders darreiche, während die hohe Priesterin mir winkt und mir die Hand reicht zu ernstem Bunde, bei dem ewig reinen Feuer ewige Reinheit und ewige Begeisterung zu geloben. Ich enteile dem Altar und der Priesterin um das Schwert zu ergreifen und mit der Schar der Helden in den Kampf zu stürzen, den ich bald vergesse, wo ich in tiefster Einsamkeit nur den Himmel und mich beschaue.

Welche Seele solche Träume schlummert, die träumt sie ewig fort, auch wenn sie erwacht ist. Sie fühlt sich umschlungen von den Blüten der Liebe, sie hütet sich wohl die losen Kränze zu zerreißen, sie gibt sich gern gefangen und weiht sich selbst der Fantasie und läßt sich gern beherrschen von dem Kinde, das alle Muttersorgen durch seine süßen Tändeleien lohnt.

Dann zieht sich ein frischer Hauch von Jugendblüte über das ganze Dasein und ein Heiligenschein von kindlicher Wonne. Der Mann vergöttert die Geliebte, die Mutter das Kind und alle den ewigen Menschen.

Nun versteht die Seele die Klage der Nachtigall und das Lächeln des Neugebornen, und was auf Blumen wie an Sternen sich in geheimer Bilderschrift bedeutsam offenbart, versteht sie; den heiligen Sinn des Lebens wie die schöne Sprache der Natur. Alle Dinge reden zu ihr und überall sieht sie den lieblichen Geist durch die zarte Hülle.

Auf diesem festlich geschmückten Boden wandelt sie den leichten Tanz des Lebens, schuldlos und nur besorgt dem Rhythmus der Geselligkeit und Freundschaft zu folgen und keine Harmonie der Liebe zu stören.

Dazwischen ew'ger Gesang, von dem sie nur dann und wann einzelne Worte vernimmt, welche noch höhere Wunder verraten lassen.

Immer schöner umgibt sie dieser Zauberkreis. Sie kann ihn nie verlassen und was sie bildet oder spricht, lautet wie eine wunderbare Romanze von den schönen Geheimnissen der kindlichen Götterwelt, begleitet von einer bezaubernden Musik der Gefühle und geschmückt mit den bedeutendsten Blüten des lieblichen Lebens.